恋のABCお届けします

Tamiko & Jet

青井千寿

Chizu Aoi

EB

エタニティ文庫

目次

恋のＡＢＣお届けします

1　恋はCから配達される

徒歩十分のスーパーマーケットで買ったのは、特売のトマトと牛切り落とし。

誕生日だというのに、このスペシャル感のなさには我ながら呆れてしまう。

まぁ、ついでに高級アイスクリームも買ったあたりがスペシャルだということにしておこう。ラムレーズンとチョコレートブラウニーで迷って、結局両方買ってきた。バースデースペシャルである。

——本日七月二十一日、私、中城多美子《なかじょうたみこ》はとうとう三十歳を迎えてしまった。

昨晩はレンタルDVDショップでやたらロマンチックなタイトルの洋画を借りて、お気に入りの日本酒とお手製のつまみで祝杯をあげた。お一人様バースデーカウントダウンパーティーといったところか。

ところがこの洋画が曲者《くせもの》だった。

とんだお色気映画で、中盤以降艶《なま》めかしい絡みの連続。

おかげで何やらモンモンとしたやり切れない気持ちになってしまった。エンディング後、私は日本酒を飲みまくり、つまみを作り足し、自宅で一人酔っ払いながら本日の誕生日を迎えたのだった。

女を捨てたまま、栄《は》えある三十代突入である。

（午後一時四十分……あと二十分）

私は買い物袋を提《さ》げながらスマホで時間を確認すると、少し歩みを速めた。

マンションの一階に入っているプール付きのスポーツジムの方を見ないようにして、なぜかいつも開きっぱなしになっているオートロックのエントランスをくぐる。

このマンションに引っ越してきて三年。

子供のいない夫婦やお年寄り夫婦が多く、落ち着いた雰囲気なのは気に入っているが、一階のテナントだけがどうも気に入らない。

スポーツジムでは室内が見えないよう、大きな窓全体に反射フィルムを貼っている。

このフィルムが私の体を残酷に映し出すのだ。一五八センチ、六十四キロのダイナマイトボディーを……

買い物袋の食い込んだ腕の肉、服がぱつんぱつんになっている背中、スカートのシルエットを台無しにする大きなお尻。

本人の許可なくこんな無様《ぶざま》な姿を反射させるなんて、これは無言の圧力だ。

いや、無言ではない。

ポストに『ご近所様限定クーポン』を定期的に入れてくるのだから性質《たち》が悪い。そんなに私を入会させたいのだろうか。

（人のコンプレックスを商売にするなんて……）

イライラと反射フィルムを睨《にら》んだら、ダイナマイトな私が睨み返してきた。

マンションのエントランスホールを進み、エレベーターに乗ると、汗が噴き出してくる。

私が二時になる前に自宅に戻りたいのは、だいたい毎日この時間帯になると、宅配便が届くからだ。

自宅で仕事をしているせいで、資料や納品物などの発送・受け取りは、宅配業者と直接することが多い。特に今日は仕事関係の荷物が色々と届く予定だった。

不在だと配達員さんに迷惑をかけてしまう……なんていうのは表向きの理由。

実はこのマンション担当の配達員さんが私好みのイケメンで、彼に会えるのを勝手に楽しみにしているから、というのが紛《まぎ》れもない本音だ。

今の私の生活では、外界との接点なんて食品の買い出しくらい。

スーパーにはレジ打ちのおばちゃんか鮮魚売り場のおじさんしかいないから、イケメン配達員に自宅のドアを叩かれるのは、私にとってアイドル握手会並みの重要イベントなのだ。

自宅に入り、冷凍庫にアイスクリームをしまって、汗ばんだ顔をタオルでガーッと拭《ふ》く。

二十代前半には一応毎日していた化粧も、いつの間にやらしなくなった。

自宅で仕事をしていると本当に誰とも会わないから、肌に負担をかけるだけバカバカしい。

一度スッピン生活に慣れてしまえば、化粧は苦痛でしかなくなった。

髪を一つに括《くく》って、仕事場にしている部屋で作業をしていると、チャイムが鳴る。

二時十分。王子様の到着だ。

私は再び汗の浮かんできた額《ひたい》を擦《こす》り、手ぐしで髪を撫《な》でつける。

『イーグル便です。お届けものです』

インターフォンからいつもの柔《やわ》らかい声がした。優しげなこの声も私のお気に入り。

そしてお行儀の良い彼は、エントランスホールの扉が開きっぱなしになっていても、下のインターフォンからコールしてくる。小さなところで感じられる礼儀正しさも、彼の素敵ポイントだ。

「ご苦労様です」

インターフォンにそう答えて、私はエレベーターで上がってくる彼を玄関で待ち構える。

コン、コン、コン。

玄関ベルがあるのに、彼はいつもドアを小さくノックする。
一、二、三。
息を殺して三つ数えた私は、お上品な作り笑顔でドアを開けた。

あぁ、今日も男前だ。人懐っこい大きな瞳、柔《やわ》らかそうにはねる髪。

均整の取れた逆三角形の体は、身長百八十センチ近くありそう。

歳は私よりちょっと下だろうな。

今日は暑かったから制服の縞《しま》シャツが汗で肌にくっつき、そのシャツを押し上げるように大胸筋《だいきょうきん》が上下しているのが分かる。これは今まで想像していた以上にマッチョかも。

やばい、マジいい男。付き合うなんて恐れ多いけれど、ちょっとだけ……指一本でも触れてみたい、なんて考えてしまうのは、昨晩見た映画のせいだろうか。

私の頭の中で、あのしつこいほどの男女の絡みがフラッシュバックした。

彼はどんなエッチをするのだろうか……アブない妄想に取りつかれそうになっていると、彼の声が私を現実に引き戻す。

「ここ、サインお願いします」

「……はい。今日は暑いですね」

「ヤバいっすね」

「あ、アイスクリームあるんで、よかったらエッチします？」

「……はい。あ、でも配達終わらせないとダメなんで、仕事終わってからまた来ます」

──待て、待て、待てーーー!!

今私、何て言いました？　エッチとか口走りませんでしたかぁぁ？

私が狼狽《うろた》えている間に、彼はドアを閉めて出ていってしまう。

閉まったドアを呆然と見つめながら、私は自分の言葉を頭の中で再生してみた。

──アイスクリームあるんで、よかったらエッチします？

……言っちゃったよね？　……やっぱり言っちゃったよね！　何という逆セクハラ！

ちがぁーう！　本当は「アイスクリームあるんで、よかったら一ついります？」って言いたかっただけなのに～。

言い間違えた……昨晩見たお色気映画のフラッシュバックが、私の脳みそをピンク色にショートさせたのだ。

自分の情けない言い間違いに、ここ数年感じたことのなかった羞恥心《しゅうちしん》が湧き上がってきた。玄関で一人赤面しながら髪をかきむしってみてももう遅い。

中城多美子三十歳。人生の黒歴史に残る誕生日を本日迎えました。

玄関でしばし放心した後、私は受け取った荷物に視線を落とした。

イケメンが持ってきてくれた荷物は全部で三つ。

一つは仕事関係のもので、出版社の名前が印刷された大型封筒。

もう一つはえっちゃんからだろう。えっちゃんは、中学生の頃から毎年欠かさず誕生日プレゼントをくれるありがたい大親友だ。

そして最後の一つは、エバーラスティング商会から。内容物の欄には〝化粧品〟と書かれている。

この荷物を見た私は、思わずハァァァ～と大きなため息を吐き出した。

こんな気分の時にコイツを見たくはなかった。仕事の資料として購入したソレは決して化粧品などではない。

私は箱を開け、中身を確認した。

そこに収まっていたのはオーダー通り、〝大人の玩具《おもちゃ》〟。正式名称バイブレーター（性具）。

大人の玩具を通販購入するわ、イケメン配達員をいきなりエッチに誘うわ……これでは、まるで欲求不満をこじらせた三十路《みそじ》独身女性みたいじゃないか！

確かに私は欲求不満をこじらせた三十路独身女性かもしれないけれど、エッチに誘ったのは言い間違いだし、大人の玩具は仕事用だし……

「誤解だ～～！」

　私は一人吼《ほ》えると、行き場のない羞恥心《しゅうちしん》に悶《もだ》えながら再び髪をかきむしった。

◇

『マジ！　超ウケるんだけどぉ』

　電話の向こうで、ギャハハハと大爆笑された。遠くからはキャハハハという可愛い笑い声も聞こえてくる。

　えっちゃんに電話して誕生日プレゼントのお礼を言ったついでに、先ほどの逆セクハラも報告したら、予想以上の大笑い。お笑い芸人なら喜ぶところだけど、ただの三十路女なのでウケても嬉しくないです。

　ちなみにギャハハハという下品な笑いはえっちゃんで、可愛い笑いは二歳になるえっちゃんの息子、俊平《しゅんぺい》君。

　えっちゃんは私と同い年ではあるが、早々《はやばや》と結婚して、今や一児のママだ。

『それで、エッチするの？』

「え⁉」

『仕事終わったら来るんじゃないの？　そのイケメン配達員』

「来ないでしょ。来たとしてもアイスクリーム狙いだろうし……そもそも、私の言い間違いに気がついてないかも」

『そんなの分からないじゃない。一応シャワー浴びて準備しときなよ！　私からのプレゼント使ってね』

私は片手に握りしめていたえっちゃんからのプレゼントをもう一度眺める。

スケスケのパンティーとキャミソールのランジェリーセット。ピンクのシフォン地に黒のレースが小悪魔チックだ。もちろんサイズはＬである。

サイズは合うけどデザインが合わない。このデカ尻にフリルの付いたＴバックなんて着けたら、フリルが泣くわ。

『だー！　チェチェチェチェ、だー！　だー、ママ！』

『俊ちゃん、おやつ欲しがって暴れてるからもう切るね～。タミの仕事落ち着いたらゆっくり会おうよ。俊、ダメ！　あ～……じゃあね、面白いことになったら報告してね』

私はこれ以上面白いことにならないようにと祈りながら電話を切った。

えっちゃんのアドバイスを聞き入れたわけではないけど、シャワーを浴びておくことにする。

自分が放った逆セクハラの衝撃で、嫌な汗をかいていた。

この後、いつも通り仕事場に籠《こも》ると、時間を忘れて没頭できた。

時間を忘れるのは良い仕事ができている時だ。ダメな時はしょっちゅうウロウロしながら飲み食いしてしまうのに、今日は気がつけば四時間が経過していた。頭を上げると、レースのカーテン越しに夕焼けが見える。

座りっぱなしだった体を解《ほぐ》しつつキッチンに行き、晩ご飯の支度をする。

一人暮らしを始めたばかりの頃は、コンビニ弁当や出来合いのお惣菜《そうざい》を買うことが多かったけれど、歳を重ねるにつれ料理をする回数が増えた。

どんなに適当に作っても、手料理の方が優しい味がするし、お腹に残る。

誰に食べさせるわけでもなく、ただ自分のためだけに手早く作る料理だ。

今日は、酸化する前に使い切りたかった赤ワインでハヤシライスを作ることにした。

特売の牛切り落としは、脂身《あぶらみ》が多めで煮込み料理にはもってこい。特売の超完熟トマトを手でぶちゅちゅっと潰《つぶ》しながら投入する。仕上げに生クリームを入れたいけど、買ってないから牛乳でいいや。

煮込む間にキッチンを片付けていると、プーッとインターフォンの音が部屋に響いた。

「まじか……」

一人そう呟《つぶや》いた私は、インターフォンを睨《にら》んで固まった。

忘れていたわけではない。イケメンは確かに言った。「仕事終わってからまた来ます」って。

「はい」

恐る恐るインターフォンに答える。

『イーグル便です』

「……ご苦労様です」

アイスクリーム食べずに取っておいてよかったー！　……って、アイスクリームだよね、目的は……

握りしめていたお玉をシンクに放り投げ慌ててアイスクリームを取り出した私は、玄関付近でウロウロする。

やがてコン、コン、コンと、いつものようにドアが三回小さくノックされた。
一、二、三。
数えて、私はアイスクリーム片手にドアを開ける。

「こんばんはー」

イーグル便のトレードマークでもある縞《しま》模様のシャツを着たイケメン配達員が、いつもの爽《さわ》やかさで玄関に入ってきた。

昼間見たばかりだというのに、思わず見とれてしまう。柔《やわ》らかな微笑《ほほえ》みに、筋肉質の体。やっぱりいい男だ。

シャツはすっかり乾いているけれど、仄《ほの》かに漂《ただよ》ってくる汗の匂いは官能的にすら思える。

彼のフェロモンに悩殺されて、思考が止まってしまう。

私の脳は、再びＢ級映画の一番いやらしいシーンを再生し始めた。

重なる唇、蠢《うごめ》く四肢、絡み合う男女。私が最後にあんな濃密な時間を過ごしたのは、いつだったろう……

（ダメ！　こういうハレンチな妄想に取りつかれたから、さっきは失敗しちゃったのに）

妄想を振り払おうと顔を引き締めた私に、彼は言った。

「アイスクリーム、いただきに来ました」

彼は私の手からアイスクリームを取り上げ、長い睫毛《まつげ》に縁《ふち》どられた目を細めて微笑む。

その煌々《きらきら》しさに目が釘付けになった。

（そうか、やっぱりアイスクリームだよね……）

納得しつつも、眩《まぶ》しい笑顔を前にボーッとしてしまう。うぅ……そのクソ可愛い微笑みは反則です。

ぼんやりしている私を面白そうに見ながら、彼は言葉を続けた。

「ラムレーズンとチョコレートブラウニー……両方食べちゃっていいんですか？」

「あ、どうぞどうぞ……全部……」

「全部？　本当に？」

彼は悪戯《いたずら》っぽくそう言うと、チョコレートブラウニーのふたを開けて裏をぺろりと舐《な》めた。

そしてスプーンがないことに気がついてキッチンに向かおうとした私に、人さし指を差し出してくる。

彼の節《ふし》くれだった指先にはアイスクリーム。

あなた、それを私にどうしろと……

「はい」

「……」

アイスクリームののった人さし指が、私の唇に触れそうなほどに近づいてくる。私は自分でも信じられない大胆さで彼の指を口に含んでいた。

小さなアイスクリームの塊《かたまり》が口の中で溶ける。

緊張しすぎて味がしない。

だけどそれは媚薬《びやく》のように私の奥で甘く溶け、固く閉じていたはずの心のネジを外してしまう。

「全部……食べて」

私はそう囁《ささや》いた。

優しさを湛《たた》えた彼の目が鋭くなり、その視線が私の視線と絡み合う。

アイスクリームの魔法で、二人の距離が急速に狭まっていた。

「アイスよりエッチの方がいいな」

彼は私の耳元で小悪魔的に囁いた。

（やっぱりちゃんと聞き取っていたんだ、私の言い間違い）

ぼんやりそう思っていると、彼はさらに言った。

「キスしていい？」

なんと答えればいいのか迷っているうちに、気がついたらキスをされていた。

そよ風のような優しいキス。汗とチョコレートブラウニーのキス。

「もっとキスしたい。全部食べてしまいたい」

彼の吐息に交じる言葉は、熱風のように私を耳から溶かしていく。

彼の唇が私の耳を撫《な》で、首筋を撫で、また唇に戻ってくる。

日焼けした顔とキラキラ輝く瞳が私を捉《とら》えて離さない。

「セックスしよ」

「……はい」

もう、どうなってもいいと思った。

こんなの普通じゃないと分かっているけど、ここで断ったら、私はきっと女を捨てるどころかおっさんになってしまうだろう。やっぱり、女として求められている時には女でいたい。

彼は私の返事を聞いて、確認するように再びキスをしてきた。

今度は優しく触れるだけのキスじゃない。唇の間から熱い舌を割り込ませ、私の口内を探索《たんさく》する。

誘われるがまま、私は彼の舌に自分のそれを絡めた。

熱い彼の舌が私の舌を溶かしていく。

熱い……熱い……

「……大丈夫？」

彼が私の顔を覗《のぞ》き込んでいた。

キスをするのに夢中で、息を上手く吸えていなかった私は、意識を軽く飛ばしていたらしい。

恥ずかしい。三十歳にもなってキスで失神しそうになるとは……

「ごめん、焦りすぎた。ゆっくりしよ」

そう言うと、彼は私をひょいと抱き上げた。

いわゆるお姫様抱っこ！　人生初のお姫様抱っこ!!　だけど私、六十四キロのお姫様だから。

「お、重いから！　私重いから……」

「ん～……五十キロくらい？　全然平気。ベッドルーム行こ」

「……リビング入って左」

「オッケー、お邪魔しまーす」

少年のような爽《さわ》やかさで、彼は大人の欲望を満たすためにベッドルームへ向かう。

私は彼の首にしがみつき、妄想体重五十キロのお姫様になっていた。

宣言通り、彼は私をベッドにゆっくり下ろすと、キラキラとした笑顔で優しいキスをくれた。

そして私のご機嫌を伺《うかが》うように、あちこちに唇を落とす。

彼は一つに括《くく》っていた私の髪を解《ほど》き、「いい匂い」と言ってそこに顔を埋《うず》めた。

（えっちゃん、シャワーを勧めてくれてありがとう）

大親友に感謝しつつも、私は彼の指がカットソーの中にちょこちょこ入るたびに身を固くしていた。

こんなイケメンに触られる時が来ると分かっていたら、ここまでおなかの肉、付けなかったのに……

「俺、仕事終わって真っ直ぐ来たから汗臭い。シャワー使わせてもらおっかな」

いかにも渋々といった感じで私から体を離した彼が、そう言って着ていた服を勢いよく脱いだ。

浅黒く日焼けした筋肉質な肉体が現れ、私は思わずため息を漏《も》らす。なんて綺麗《きれい》に割れた腹筋。こっそり想像していたよりずっとマッチョだ。

「……汗の匂い、嫌いじゃないよ」

そう言って彼を引き留めた。

体を離したくないのもあったけれど、本当に気にならないのだ。

汗の匂いが好きなわけではない。けれど、彼の匂いは、彼と密着している証《あかし》のようで愛おしい。

「本当に？　じゃあこのまま続行したいな。今いいところだし」

「……うん……あの……私、洋服着てていい？」

「え？　どういうこと？」

「あの、下着脱ぐから、下の方からちゃちゃっとしてもらえれば……」

「……何で？　見られたくない傷でもある？」

「ううん、そんな深刻な理由じゃなくて……食糧危機《しょくりょうきき》に備えて蓄《たくわ》えた贅肉《ぜいにく》が……」

こんな告白をするのが恥ずかしくて、思わず目を逸《そ》らす。

ククク……と押し殺したような声に顔を上げると、彼が顔を赤くして笑っていた。

「可愛い！　俺、楽しくなってきた」

そう言った彼は、私の服をむしり取っていく。

ギャー！　可愛いって言われて一瞬極楽気分になったのに、ジェットコースターで地獄行き！

夏場の薄着は、一瞬で脱がされる。

カットソーは放り出され、ブラは早業《はやわざ》で取り外された。

(ヤバい、ジーンズにがっつり腹肉がのってるのを見られる！)

そう思った私の行動はすばやい。自らジーンズを脱ぎ、色気のないショーツ一丁になった。

「脱ぎたいのか脱ぎたくないのか、どっち？」

顔を覗《のぞ》き込んでくる彼は楽しそうだ。

「もうどっちでも……ぁ……」

乳房にキスをされて、私は声を失う。

彼の舌がゆっくりと乳首をなぞった。最初はこそばゆかった感覚も、ぐんぐん気持ちよくなっていく。

彼は片方の乳首を舌先で転がしながら、もう片方を指で弄《もてあそ》ぶ。

(おっぱいを触られるのってこんなに気持ちいいんだ……ううん、この人が上手なのかも……)

快感がじんわりと全身に広がっていき、急速に体の奥が潤《うるお》ってくるのを感じた。

「タミコちゃんのおっぱい、ふわふわで超気持ちいい」

「……なんで名前知ってるの？」

「中城多美子。知ってるよ、送り状に書いてある」

「……あぁ！　……」

不意打ちにショーツの中に手を入れられて、私は思わず腰を引いた。

彼の骨ばった指が下の毛を撫《な》で、ゆっくりと割れ目に入り込む。

潤いの中に指先を浸《ひた》した彼は、滑らせるようにそこを探索《たんさく》した。

私は突然怖くなって反射的に足を固く閉じる。

今にも泣きそうに体を強張《こわば》らせている私に、彼はキスをしながら話しかけてきた。

「触っていい？　触らせて。タミコ」

「やだ……その名前嫌いだから……呼ばないで」

「何で？　良い名前じゃん」

「あぁ……ん……何か昔っぽい名前で……あ……ヤダぁぁ」

唇を吸われ、熟《う》れた瞳で見つめられる。

彼は上手に私の性欲をかきたて、羞恥心《しゅうちしん》を消してくれた。

彼の長い指に敏感な部分をかき回されて、私はベッドの上で腰をくねらせる。

指の動きに合わせてくちゅくちゅと淫靡《いんび》な音が響いた。彼はわざと音を鳴らすように、二本の指を私の中で揺らす。

「すっげ濡《ぬ》れてる。ここもほら……硬くなって……」

「だぁ……めぇ……ぁ……ああっ！」

自分でも分かるほど硬く膨れたクリトリスを指先で弾《はじ》かれた。私は下半身から駆け上がってきた快感に、ビクッと体を反らす。

休みなくやってくる甘い刺激にビクビクと体を震わせていると、彼は飢《う》えた雄の目で私の顔を覗《のぞ》き込んだ。

快楽の秘密を全て知っているかのように、容赦《ようしゃ》なく指が動かされる。

根元をコリコリと刺激されると、呼吸をしようとしても喘《あえ》ぎ声になってしまう。そんな自分が恥ずかしくて両手で顔を覆《おお》った。

「タミちゃん、ここ好き？　もっと欲しい？」

「ヤ……ぁぁ……ダぁ……」

「嫌？　でもこんなに吸いついてくる。熱くてぐちょぐちょで……」

「タミちゃん、エロくて可愛い……もっと喘《あえ》いで。もっと声を聞かせて。俺に全部見せて」

「いやぁ……」

私の体は刺激を求めて自然と開いていた。

足を広げ、彼の前に自分のあそこを晒《さら》す。

もっと触ってほしい、もっと感じさせてほしい。

彼の指に欲望を掘り起こされ、私は乱れていく。

彼は左手で私の右足を高く持ち上げて、右手でクリトリスと膣《ちつ》の両方をいっぺんに攻めてくる。

粘着質な液体をグチュグチュとかき混ぜる音はどんどん大きくなり、私の喘ぎ声に重なった。

大きな快感が何度も体を駆け抜け、私の中で花火のような炎を瞬《またた》かせる。

「あ、あ、……ダぁメぇ……くる、くる、イっちゃう……」

「来るの？　行っちゃうの？　どっち？」

「あ、んあ、イっちゃう、あ、イっちゃう、あ！　……」

体の中で快感が共鳴して輝く。

世界が弾《はじ》ける。

真っ白の空間。

やがてそこに私の鼓動《こどう》が響き始める。

私……気持ちよすぎて泣いてる。


「タミちゃん」

しばしの間、別世界に飛ばされていた私は彼の声で引き戻される。

涙が滲《にじ》んだ私の目に飛び込んできたのは、彼の大きくなったアレだった。

でかっ！　私は慌てて目を擦《こす》り、涙を拭《ぬぐ》い去る。

はるか昔、十年ほど前に見たソレとは、サイズがかなり異なる気がする。

比較対象は一本だけなので、どれぐらいが平均なのかは分からないけれど、私はリアルに心配になってきた。ものすごく久しぶりだからだ。

別の意味で涙目になった私をよそに、彼はどこからか出してきたコンドームを装着して準備完了。

キラキラ度が増した大きな瞳で私に微笑《ほほえ》みかける。

「あの……大きくないですか？」

その巨大なものに怯《おび》えるあまり、思わず敬語になった。

「タミちゃんのイキ顔がエロくて大きくなっちゃった」

そんなテヘペロみたいな可愛い顔されても、下半身は極悪ですから。

「あの……ゆっくり挿《い》れて……ね……」

「初めて？」

「いや、違うけど……久々だから」

「じゃあ……もうちょっと挿れやすくしよっか」

軽く押されて、私はベッドに倒れる。

彼はまた私の唇を塞《ふさ》ぐと、情熱的なキスをたっぷりくれた。

そして、彼は唇を私の下半身へ真っ直ぐ滑らせ、〝開けごま〟とばかりに両腿《りょうもも》にキスをする。そしてその中心に顔を埋《うず》めた。

（ウソ、ウソ、舐《な》められてる！）

あそこを男性に舐められるなんて、生まれて初めてだった。昔付き合っていた唯一の彼氏はそういうことをしない人だったから、この年齢になるまで未体験だったのだ。

なんだか畏《おそ》れ多くて初めは緊張していたけれど、ぬるりと舐め回された途端、すぐに快感がそれを凌駕《りょうが》していった。

彼はそれを感じ取ったんだろう。ますます舌の動きを速くして私を翻弄《ほんろう》していく。

「あひゃ……あぁ……あ……あん……」

一度口を開いてしまうと喘《あえ》ぎ声が止まらない。

ジュルジュル、ペチャペチャ、という唾液《だえき》と愛液が交じる音は、どこか獣的《けものてき》だ。

気持ちいい、すごく気持ちいい。

彼の舌は柔《やわ》らかくて指とは全然違う。体が溶けていきそうな感触。

子宮を締めつけるような波が、体の芯に走り始める。

一度イって敏感になっていた私は、すぐにまたイキそうになる。

だけどもう一歩のところで彼が顔を上げた。私を見上げる顔は、苦しそうに上気している。

「……タミちゃん……これ、好き?」

「……大……好き……」

「じゃ……今度また……しよう。今は……挿れさせて……我慢できない」

顔を歪《ゆが》ませながら声を絞り出すようにして言うと、彼は体を起こした。

そしてすばやく太腿の間に腰を収め、私の両足を抱え込む。

私のあそこに彼のモノがぐりぐりと押しつけられるけれど、なかなか入りそうにない。

「挿れるよ」

彼はそう宣言すると、私の両足を持ち上げて自分の肩にかけた。

私の腰が自然と上を向く。そこへ彼のモノがゆっくりと力強く挿《さ》しこまれた。

一瞬電撃《でんげき》が走ったけど、全部収まってしまうと、その圧迫感は意外にも心地良かった。

彼は気遣うように、私の顔を覗《のぞ》き込みながらじっとしている。

性欲に支配されていても、相手を思いやる余裕を残しているようだ。

「タミちゃんの中……まじ気持ちいい。……ヌルヌルのマシュマロで締めつけられている……みたい」

そう言って彼は、私の様子を窺《うかが》いながらゆっくりと動き出す。

「ん～ぁ……」

もう喘《あえ》ぎ声が止まらない。過去のセックスでは荒い鼻息しか出なかったのに、今は息を吐こうとすると喘ぎ声になる。

彼のモノが私の奥を擦《こす》るたびに、ジーン、ジーンという快感が背筋に走り、体中に広がった。

気持ちよすぎる……もっと突いてほしい。

「もっと……」

「……もっと……欲しい？」

「欲し……い。いっぱい……突いて……」

その途端、彼は肩にかけていた私の足を抱えながら、思いっきり私を引き寄せた。

根元まで深く挿《さ》し込まれ、私の子宮口を乱暴にノックする。

「あ！　ぁや！」

すごい……すごい存在感。

圧迫されながら体の内側を執拗《しつよう》に擦られ、私は掘り起こされる快感に鳥肌を立てた。

彼は一気に全部捻《ね》じ込んでは引き抜き、また捻じ込んでくる。

激しく体を揺さぶられながら、私は自分の口を両手で押さえていた。あまりの気持ちよさに、油断すると悲鳴のような声が出てしまいそうだったから。

彼の動きに合わせて、グチュ、グチュ、グチュ、という愛液のいやらしい音がベッドルームを満たしていく。

「タミちゃん……すごい……たくさん濡《ぬ》れて……ヤバい」

彼が呻《うめ》くように低い声でそう言ったのを、私は快楽の嵐の中で聞いていた。

どこかに掴《つか》まっていないと呑み込まれてしまいそうで、私は一生懸命、彼の体に足を巻きつける。

「気持ち……いいぃ……」

ゾクゾクという快感に襲《おそ》われて、私は泣き声で彼に訴えていた。

もう止めてほしい。これ以上気持ちよくなったらおかしくなりそう。

だけど止めてほしくない……このまま行くところまで行ってしまいたい……

「あぁー！」

激しく突かれながら、私はもう我慢ができなくなって高く声をあげる。

「ああ……もう……」

手負いの獣《けもの》みたいに彼がそう唸《うな》ると、大粒の汗がポタポタと私の体に滴《したた》り落ちてきた。

彫刻のような彼の体が大きく震えた瞬間、私の中で彼が膨らむ。

ドクン、ドクン、と彼が私の中で脈打つのを感じながら、私は夢中でその体にしがみついていた。

◇

当たり前のように腕枕してくれる彼の名前を、私はまだ知らない。

知りたいけど知りたくない。

名前を知ってしまったら、彼にときめいてしまうのは分かっていた。

私はざわめく気持ちにふたをするように、目を閉じる。

そして汗と体液が混じった官能的な香りの中、ただ漂《ただよ》っていた。

愛し合った後にしか発せられないその匂いは、不快ではない。だけど彼は気になったようだ。

「タミちゃん、俺マジ汗臭いだろ？　シャワー借りていい？」

と言ったかと思うと、「一緒に入る？」と私を誘った。

「いや、いや、いや、私は結構です」

どこぞの遠慮するサラリーマンのように断る私を、彼は面白そうに見る。それから立ち上がると、「お風呂場どこ？」と可愛い笑顔で私に訊《き》いた。

性欲を解放した後の彼は、イノセントな少年みたいだ。

（私をちゃん付けで呼んでるけど、年下なんだろうな）

そう思ってこっそりため息を吐《つ》きつつ、私は開けっ放しのベッドルームから見えているバスルームのドアを指さした。

無防備に全裸を晒《さら》す彼の後ろ姿を、私は思わず凝視《ぎょうし》する。

すっごくいい。正面もいいけど後ろ姿もいい。

広い背中からウエストへと傾斜を描《えが》く日焼けした肌。逆三角形の上半身を支えるヒップは筋肉で盛り上がっていて、二つの岩みたい。そして逞《たくま》しい太腿《ふともも》。

そんな姿をぼんやりと見送ると、しばらくしてバスルームからシャワーの音が聞こえてきた。

自分の部屋に自分以外の人が使うシャワーの音が響くのは、なんだか新鮮で嬉しい。

ベッドの上で体を甘く軋《きし》ませながら、私はこの一時間で我が身に起こったことを振り返っていた。

――とんでもなくふしだらな行為をしてしまった。

職業はともかく名前も知らない男性を自宅に招き入れ、エッチをしてしまった。

私は天井に向かってため息を吐き出す。だけどそれはため息というより、甘い吐息だった。

ヤっちゃった。後悔すべきなのだろう。だけど、今の私を包むのはトロトロに甘くて温かな充実感だ。

私は起き上がり、さっきまで彼の所有物のように扱われていた自分の裸体を服の中に収めて、ゆっくりとベッドルームを出た。

彼に渡す新しいバスタオルを用意して、キッチンに向かう。

お腹を空かせているかもしれない彼のために、何か食べるものを用意しておこう。

◇

「タミちゃん、一人暮らし？　いいマンションだね」

上半身裸でボクサーパンツだけ身につけたイケメンが、私の作ったハヤシライスを食べている。

シャワーから上がった彼が予想通り「腹減った～」と絶叫したので、ちょうど出来上がった夕食を提供したのだ。

ハヤシライスはドリアやオムレツのソースにも使えるので、いつも多めに作る。

今日もたくさん作ったのだけれど、大盛り二杯目に突入している彼の食べっぷりを見ると、余ることなんてなさそうだ。

「自宅で仕事しているから、２ＬＤＫじゃないと片付かなくって。いいマンションなんだけど、ファミリー向けだから、一人暮らしだとなんだか目立ってる気がする」

「主婦は何でも話題にするしな。仕事って何してんの？」

「……デ、デザイン関係……」

「おぉクリエーター系！　俺そういう方面の才能は全くないから尊敬する」

話しながらも彼はどんどんハヤシライスをお腹に収めていく。私も早食いな方だけど、彼も負けていない。

自分の作った料理をたくさん食べてもらえるのって、こんなに嬉しいことなんだ。

初めて知った幸福感に私は酔い、味もよく分からないまま、自分の分を食べ終わった。

「ごちそう様でした！」

と小学生のように元気よく言った彼は、空《から》になった皿をキッチンに運んでいく。

「テーブルの上に置いといてね」と声をかけたのだが、キッチンからは水を出す音が聞こえてきた。見に行くと、彼がお皿を洗ってくれている。

自分の家のキッチンで、いい男が食器を洗っているという夢のようなシチュエーションを心に刻みながら、私は素直にお礼を言う。

「ありがとう」

「こちらこそ、ありがとう」

そして彼は私にキスをくれる。

優しい瞳、優しいキス。

夢のように素敵な時間。

だけど大人だったら知っている。どんな素敵な夢だって、いつかは覚めて現実に引き戻されると。

名前も知らない彼の優しい笑顔は、やがて少しずつ困った顔になっていく。

ほらね、夢は覚めちゃうんだ。

私の予感は的中した。

「タミちゃん、俺……あの……言いにくいんだけど、今、女の人と真剣に付き合うとか、そういうの考えてないんだ」

「え、あ！　私もそんなつもりないから!!」

私の喉《のど》から必要以上に大きな声が出た。

私の顔も必要以上に笑っている。

何も傷つくことなんてない。現実に引き戻されただけ。

2　ジェット便は愛を届ける

一人前の社会人でも、在宅ワークだと起床時間は自由だ。

私は大抵、深夜二時頃まで作業をして、午前九時には起床する。

朝起きたら、男性並みの適当さで身支度を整え、片手にジャムをのせた食パン、もう片手にコーヒーを入れたタンブラーを持って仕事部屋に入る。

毎日のことだけど、この部屋は起きたばかりの頭にはあまり気持ちのいい場所ではない。

本棚に並んでいるビアズリーやフェルメールの画集の間には、さりげなくグラビアアイドルのヌード写真集。建造物の写真集とボタニカルアート集の間には官能小説。

画材を収納してある棚には、ペインティングオイルと一緒にアダルトグッズが並び、机の脇には胸も露《あら》わな女性のイラスト。

〝デザイン関係〟。私はそれほど親しくない人に対し、自分の仕事をそう伝えていた。

だってイラストレーターだと言ったら、大抵「見せて」って言われる。

でも、こんなエッチな絵、見せられるわけがない。

私は主に成人向けの絵を描くイラストレーターを生業《なりわい》としているのだ。

昔は全然売れない漫画家だった。メジャーな雑誌に短い読み切りが二作掲載されたものの、そこで頭打ち。

それでも、中学時代から一緒に漫画を描いていたえっちゃんやアシ仲間と一緒に、BL本をコミケで売ったりしていた。

その時、ラノベを書いているサークルから、挿絵《さしえ》の依頼を受けた。以来、ジャンルを問わずに格安で挿絵を描きまくっているうちに、〝早い、安い、うまい〟が揃ったイラストレーターとして名前が売れた。

ゲームになるほどバカ売れしたH系ラノベの挿絵を描いたことが転機となり、今では個性的な性描写のできるイラストレーターとして、有名な作家先生の装丁《そうてい》イラストも描かせてもらえるようになった。

私は自分の仕事に誇りを持っている。昔は誰もが描きそうな絵を描いていたけれど、たくさん悩みながら描き続け、今では私でないと表現できない絵を創作していると自負している。

だけどこの誇りは大声で叫べる類《たぐい》のものじゃない。

(とりあえずこれは破棄かな)

私はコーヒーを飲みながら、昨夜から描きっぱなしで机の上に放置してあるデッサン画を見下ろした。

顔、背中、指、上半身、下半身――彼の全て。

私は彼が出ていってから、脳に刻まれた彼の姿をデッサンしまくった。

何度描いても、あのしなやかな逞《たくま》しさ、弾力のある肌質が表現できなくて、朝方まで何枚も描き続けた。

もう二度と彼の体を見ることができないならば、せめて紙に記録しようと思ってのことなのだが、改めて見ると、彼への未練に満ち溢《あふ》れた絵だ。

昨晩の夢を、夢で終わらせたくないと語っているようだった。

私はそれら二十枚ほどの紙を勢いよく丸めると、ゴミ箱に投げ入れる。

変に未練を残したら、彼に申し訳ない。

「真剣に付き合うとか、そういうの考えてないんだ」と言ってくれた彼に、私は感謝している。

唯一付き合った男性である大学の先輩は、真剣に付き合う気などなかったくせに真剣なふりをして、最後に手ひどく私を捨てたのだ。

三十歳の今なら、日本酒を飲んで涙の一つも流せば忘れられるだろう失恋も、二十歳の私にはきつかった。

名前も知らないあの彼は、何も悪くはない。

〝ちょっと遊んだだけ〟という警告をしてくれた彼は、嘘をついた元彼よりずっと親切だ。

◇

『なにそれ！　セフレになれって言ってるようなもんじゃん。最悪だよソイツ』

「セフレって、継続的にセックスする関係のことでしょ!?　でも、私はもう二度と誘われないと思う。だから、セフレなんていいものじゃないよ」

遅めの昼休憩を取りながら、私は電話でえっちゃんに昨夜のことを報告した。

笑ってくれると期待してたのに、受話器の向こうから聞こえてくる彼女の声は不機嫌だ。

『タミ、もう少し自分を大切にしなよ。殺されて金品奪われても仕方なかったんだからね。女の一人暮らしは狙われやすいんだよ』

（シャワー浴びて準備しとけって言ったのはどこのどいつだ）

一方的なえっちゃんからの非難に、私は苛立《いらだ》ちをつのらせる。

えっちゃんが心配してくれるのはありがたいし、自分が間違った行為をしたのも分かっている。だけど結局、それを望んだのは私なのだ。

「私としては後悔してない……っていうか、いい誕生日の思い出になって感謝してるくらい」

『でもセックスしといて名乗らないような男、絶対クズ！　都合のいい女になっちゃダメだよ。イーグル便ならまた配送で顔合わせるんでしょ？』

「まぁ顔は合わせると思うけど……二人ともいい大人だから……放っといて」

『……』

「……ごめん……」

『すでに惚れてるじゃん』

「……惚れてない……」

私は、ぎくしゃくしたままえっちゃんとの電話を切った。

えっちゃんは大親友。だけど早々《はやばや》とオタクをやめて素敵な旦那さんを見つけ、可愛い子供までいる。

そんなえっちゃんには、私の気持ちなんて分からないだろう。十年もの間、男に相手にされず、毎日自分だけのご飯を作って、自分の発する音しかしない家で毎日戸締まりをして一人寝する三十路《みそじ》女の気持ちなんて。

恋とか、そんな贅沢《ぜいたく》なものじゃない。

私の言い間違いと彼の性欲が、アイスクリームの魔法でたまたま絡み合った。

ただ、それだけ。

私は壁に掛けている時計に目をやる。

一時二十分。

たぶん今日は配達がないと分かっているのに、ついつい時間を確認してしまう。

配達は毎日必ずあるわけではない。週に四日程度だ。

(今日は顔を合わせない方がいい。昨日の今日だし、彼だって気を使うだろう)

朝から何度もそう思った。

それなのに私は時計ばかり見ている。


この日は自分でも呆れるほど時計を気にしていて、いまいち仕事に集中できなかった。かといって、留守中に配達に来たらと思うと、出かけることもできない。そうして無駄に時間を過ごして、気がつけば夕方の六時。

こんなペースで仕事してちゃダメだ。

私は普段からたくさんの仕事を抱えているため、常に締め切りに追われている。〝早い、安い、うまい〟で名前を売ってしまったため、キャリアは積んでいるのにいまだに仕事の単価が低い。だから数をこなさなければ、纏《まと》まった金額にならないのだ。

一つの仕事がスケジュール通りに進まなければ、その次の仕事に支障が出てくる。

遊びのセックスだったのは重々承知しているくせに、仕事に支障を来《きた》すほど動揺している自分が情けなかった。

私はベランダへ出て、オレンジ色が濃くなりつつある空を見上げながら、ジョウロで鉢植えに水をやる。

小さなベランダで育てているのは、十本のマリーゴールドと、大きく育ったペチュニア、そして食用のシソ。

マリーゴールドは、引っ越してきた時に買った一株から種が取れて以来、毎年プランターに植えている。

ハンギングにしている二株のペチュニアは、寒い日には室内に入れてコートハンガーに引っかけているせいか、通常一年で終わるところ三年も保《も》っている。

一人暮らしをしていると、寂しさからこうやって何か生物を傍《そば》に置きたくなるものだ。

水やりの次は洗濯物の取り込み。

手がバスタオルに触れた時、一瞬手が止まった。

昨日彼が使ったバスタオル。

顔に押し当ててみると、よく日に当たった洗濯物の香りしかしなかった。

実は、このタオルを洗濯機に放り込む時、ちょっと躊躇《ちゅうちょ》した。石鹸《せっけん》の匂いにほんの少し混じった彼の匂いが名残《なごり》惜しくて。

こうして彼の痕跡《こんせき》が消えていくと、昨夜の出来事も夢のように消えてしまいそうだ。だけど私の体の奥には、彼が与えてくれた疼《うず》きがまだ残っている。もうすぐこの疼きさえも消えていくのだろう。

そうなれば、昨日の出来事は本当に夢となってしまうのかもしれない。

私は取り込んだ洗濯物をリビングルームに置いた。

すると、小さな箱が目に入った。昨日、受け取ったまま放置していた、エバーラスティング商会からの自称〝化粧品〟な大人の玩具《おもちゃ》。

改めて中身を手に取ると、その姿はなかなかグロテスクだった。

小説の挿絵《さしえ》を描くための参考資料として購入したものだ。小説の中で微《び》に入り細《さい》にわたり説明されていたので、なるべくそれに近いものを選んだらこの有様《ありさま》。まったくハレンチ極まりない形をしている。

エロ用品は全て仕事部屋に隠しているので持っていこうとした時、プーッとインターフォンが鳴った。

私はインターフォンを見つめ、思わず体を硬直させる。

時間を見たらもう夜の七時。

いつもならこんな時間に荷物が届くことはあまりない。大抵昼だ。

他の部屋に来たお客さんが部屋番号を間違ったのかもと思いながら、インターフォンに答える。

「はい？」

『イーグル便です。お届けものです』

「……ご苦労様……で……す」

声が震えた。

コン、コン、コン。

ドアが小さくノックされる。
一、二、三。
数えて私はドアを開ける。

「レアチーズケーキとクッキー＆クリーム。どっちがいい？」

はにかんだ笑顔で、コンビニの小さなビニール袋を私に差し出す。

彼が立っていた。

「ありがとう」

体をぎくしゃくさせながらも、余裕のあるふりしてそれを受け取ろうとした時、ふと自分の左手に握りしめていたモノに気がついた。

自称〝化粧品〟の、どう見ても大人の玩具。

緊張で、私は手が白くなるほど強くそれを握りしめていた。

（ヒイイーーー!!　まさかのハレンチ自白！）

と心の中でどこぞの悪役集団のような甲高い悲鳴を上げた私は、卒倒《そっとう》しかけるのを必死で堪《こら》えて、それを自分の背中に隠した。

逆セクハラ自爆《じばく》で死んでしまいそう……。

「ありがとう!!　とりあえず冷凍庫に入れるね!!」

私は素《す》っ頓狂《とんきょう》な声をあげ、彼の顔もろくに見ないままに回れ右して廊下を猛ダッシュする。

光速で自称〝化粧品〟、正体〝大人の玩具《おもちゃ》〟を仕事部屋に叩き込むと、やっと落ち着いて玄関に戻った。

「冷凍庫に入れるんじゃなかった？」

アダルトグッズなんて見たこともも聞いたこともありません、みたいな令嬢《れいじょう》風微笑を貼りつけた私を、彼は笑いを押し殺したような顔で見つめてくる。

私は彼に言われて、アイスクリームの入った袋を持ったままだったことに気がついた。

「それともアイスよりセックスの方がよかった？」

「……」

「両方欲しい子、手を挙げて」

「ハーイ」

釣られて手を挙げてしまった私。

もう二人で笑うしかなかった。玄関で彼と一緒に大爆笑してたら、恥ずかしさもモヤモヤした気持ちも吹き飛んだ。

「タミちゃんまじ可愛い。抱きしめたいけど、俺、今日はシャワー浴びずに急いで来たから超汚くって……悪いけど風呂場使わせてもらっていい？」

「もちろんいいけど……」

慣れないお世辞に頬を染めながら、私は玄関で佇《たたず》んでいる彼を上から下までチェックした。

言われてみれば、確かに汚い。

彼はいつものイーグル便のものではない、何か別のユニフォームを着ている。

それは土ぼこりで所々茶色く汚れていた。

バスケとかサッカーとかラグビーとか、そんなスポーツチーム系のユニフォームで、前身ごろには『10』とプリントされている。

スポーツに全く興味がない私には、それが何のユニフォームなのか特定できなかったけれど、その汗と土の匂いは魅力的に感じられた。

「俺、臭いだろ？」

鼻をピクピクさせていたため、私が匂いを気にしているとでも思ったのだろう。

彼は私の鼻から遠ざかるみたいに距離を取ると、「おじゃまします」と言って部屋に上がる。

(汚くってもギュッってしてほしい!)

私は気がつくと、その匂いに誘われるように彼の背中にしがみついていた。

首をひねった彼はしがみつく私を見ると、眩《まぶ》しそうに目を細めて笑う。

体を反転させた彼の腕が私を強く抱きしめ、乾いた唇が私のおでこにキスをした。

「そんな風に甘えられたら、全部食べたくなる」

彼が私の耳元で悪戯《いたずら》っぽく囁《ささや》いた。

「キャッ!」

私が突然叫んだのは、彼に持ち上げられて体が宙に浮いたからだ。

彼は私のお尻に両手を掛けてぐっと持ち上げると、肩に担《かつ》ぐように抱きかかえて歩き出す。

「お、重いから!」

「軽い軽い」

彼は楽しそうに鼻歌を歌いながら、私をベッドまで運んでしまう。

「そこで待ってて。シャワー浴びてくる」

「……はい」

そう答えたものの、私はすぐにベッドから抜け出した。バスルームからは水の音と鼻歌が聞こえてくる。

アイスクリームの入った袋を手に握ったままだった。冷凍庫に入れなければ。

レアチーズケーキとクッキー＆クリームを冷凍庫に放り込んで、私はふと思う。

（スポーツした後で、お腹が空いてるんじゃないかな？　夕食時だし）

買い物に行っていないから、冷蔵庫の中に大したものはない。

（でもベーコン、しめじ……牛乳もあるし……缶詰のマッシュルームも棚にあったかも。クリームソース系だったらなんとかなるな）

考えながら、私の手はすでに動いている。ソースだけ作っておいて、パスタは食べたい時にゆでればいい。

鍋にバターを放り込んで、溶けたところで小麦粉を投下。ベーコンとしめじをフライパンで炒《いた》めつつ、マッシュルームの缶詰を開ける。

（そうだ、冷凍のグリーンピースも入れよう。彼、グリーンピース食べれるかな？）

「キャッ！」

私が再び叫んだのは、突然後ろからお尻を掴《つか》まれたからだ。

両手でがっつり掴まれて、モミモミモミモミモミモミ……

今日はチュニックにカルソンという出で立ちだが、彼の手の感覚がそのカルソンの薄い生地《きじ》を通してよく伝わってくる。

手だけじゃない。お尻に押しつけられているモノの感触も、よく伝わってしまう。

「タミちゃんのお尻、まじエロい。ムニムニでフワフワ。こんなエロいケツあんまりないよ……」

石鹸《せっけん》の匂いに包まれた彼は、カルソンの中に手を入れてまた揉《も》み始める。同時にうなじを吸われる感覚が、たまらなく気持ちいい。

背後にいる彼の表情が見られないのがちょっと残念だけど、彼がこんなに喜んでくれるなら本望だ。

私は手を伸ばしてこっそりコンロの火を消した。

さっきからお尻に当たっているモノがさらに大きくなっていて、料理をしているどころではなくなったのだ。

「ここで挿《い》れていい？」

少しかすれた声でそう言った彼は、返事を待たず私のカルソンもろともショーツを引きずり下ろした。

そして私の腰に両手を添えて引き寄せる。

私はこれから来るであろう衝撃《しょうげき》に備え、キッチンカウンターの縁《ふち》を両手で強く握った。

「はぁんふ……」

彼は私の腰をさらに引き寄せると、硬く大きなソレを後ろから押しつけ、焦《じ》らすようにゆっくりと挿入した。

明るいキッチンで、しかも立ったままだなんて、いくらエッチなイラストに慣れた私でも恥ずかしい。

だって彼には色々と見えちゃっているわけで……

なんとかお尻を閉じようとしても、奥まで入ったモノの圧迫感がすごくてそれどころではない。

大きすぎて少し痛いけれど、彼がゆっくり突き上げ始めると、瞬《また》く間に痛みは快楽に変わった。自分の中がどんどん潤《うるお》っていくのが分かる。

「ぁ……ぁん……ん……あ……ああ……」

彼が奥を叩くたびに声が出てしまう。

前から挿入された時とは全然違う感覚。擦《こす》られる場所が違って、彼をより深く感じる。

彼の体温を感じ取っている背中が熱く焦れた。

「あ！　やぁぁ……ダメ、ダメ、ダぁぁ！」

後ろから手を回した彼に芯の部分を触られて、私はたまらず大きな声を出した。

膣《ちつ》の奥から感じる深い快感と、クリトリスから感じる鋭利な快感に、私は思わず身を捩《よじ》る。

「濡《ぬ》れやすいね……すごくエッチだ」

そう言いながら彼は、溢《あふ》れた蜜を二本の指でかき混ぜるように動かし、意地悪くグチュグチュと鳴らした。

「タミちゃんは触れれば触るほど溶けるアイスクリームみたいだな……」

もっと溶けろと言わんばかりに、彼は私の奥を自分のモノで擦《こす》りながら、指でも苛《いじ》めてくる。

「あぁぁ………」

パンパンと肌を打ち合わせる音とともに私を突き上げては、そのリズムに合わせて長い指で花芯を撫《な》で、私の理性を壊していく。

熱が私の体を支配する。

怖い。何かに追い詰められていくような恐怖。

〝気持ちいい〟と〝怖い〟が入り混じった訳の分からない感情が、私の口から喘《あえ》ぎとなって漏《も》れる。

「ヤダぁ……ダメ……こわい、ぁぁ……ダメぇ、あ、あああ」

パチンと体の奥で何かが弾《はじ》けて、私の頭の中は真っ白になった。

それから、宇宙に放り出されたみたいに全てから解放される。

絶頂に達したあと、無重力で漂《ただよ》うようにぼんやりとしていたら、いつの間にか崩れ落ちそうになって彼に支えられる。

そのまま抱きかかえられてベッドまで運ばれると、私は急に襲《おそ》ってきた眠気に身をゆだねた。

エッチのあとに眠りを貪《むさぼ》るのが、こんなにも心地いいなんて……

そして、起きた時にはこんな素敵な人が隣に眠っているという充実感……

世の中には私が知らない幸せがまだまだあった。


どれくらい眠っていたのだろう。

私は彼を起こさないようにそっと体を動かして時間を確認する。

夜の九時前。

（起こした方がいいかな？　帰るの遅くなると明日の仕事にも差し支《つか》えるだろうし……）

そこまで考えて気がつく。明日は月曜日。たぶん彼はお休みだ。

だって日曜と月曜は、いつも彼以外の配達員が来る。

（もうちょっと寝かせておこう）

そう決めると、私はベッドからゆっくり起き上がった。

けだるい腰を擦《さす》りながら、ブランケットも掛けず全裸で眠っている彼の姿を堪能《たんのう》する。

柔《やわ》らかにはねた髪、長い睫毛《まつげ》、日焼けした肌、ギリシャ彫刻みたいな筋肉。

無遠慮に眺《なが》めていた私は、ふと、完璧な彼の体に太マジックで書いたような傷を見つけてギクリとした。

右足首に横に走る傷跡。一本の線がケロイド状になって盛り上がっている。左足にも、ふくらはぎから膝の裏にかけて長い傷跡があった。

配達の仕事をしているくらいだから完治しているのだろうけど、怪我をした時の彼の痛みを思うと心がギュッと締めつけられる。

「……俺、タミちゃんに視姦《しかん》されてる……」

突然、寝ているはずの彼が呟《つぶや》いたので、私は軽く飛び跳ねてしまった。

彼は薄目を開けて、悪戯《いたずら》を仕掛けた子供のように笑っている。

「起きてるなら起きてるって言ってよ！」

笑われてばかりの私は、腹立ちまぎれに彼の逞《たくま》しい太腿《ふともも》をパチンと叩く。その瞬間、張りつめた筋肉のすごさに息を呑んだ。

そして、思わずそのままナデナデしてしまう。私もあれだけお尻をモミモミされたのだから、これでおあいこだ。

「筋肉、すごいね。特に太腿」

「サッカーやってるから。タミちゃん、サッカーに興味ない？」

私は首を横に振る。世間がJリーグだ、ワールドカップだ、と騒いでいても、私にはその熱狂ぶりが今ひとつ分からない。

「……興味……ないんだ……」

彼は突然神妙な顔をした。

ある野球チームのファンは同じチームのファンとしか付き合えないって聞いたことがあるし、もしかしたら彼もサッカー好きとしか付き合えないのかも。

回答を間違えたかなとハラハラしている私をよそに、彼は突然「腹減った〜〜!!」と叫び、ベッドから飛び起きた。

そして「タミちゃん、料理してるとこ襲《おそ》ってごめん。反省するから、俺に何か食べさせて」とキスをしながら甘えてくる。

私がサッカー好きじゃないことは不問にしてくれたらしい。もうどうでもいいという雰囲気だ。

太腿を撫《な》でた仕返しなのか、彼はまた私のお尻をモミモミしている。

「材料ないから大したのできないよ」

「いいケツ……」

私の首筋にキスをする彼の吐息が妖《あや》しくなってきたので、私は慌ててお尻を揉《も》む手を払い除《の》けた。

「十五分でできるから、大人しく待ってて！」

「はい」

彼は〝待て〟を言い渡された犬のように、ちょこんとベッドに腰掛けた。

可愛い、可愛すぎる。私はそのままベッドに戻りたい衝動《しょうどう》に駆られたけれど、それじゃいつまで経っても料理は完成しない。

後ろ髪を引かれつつ、私も大人しくキッチンに向かった。

◇

予告通り十五分後には、私は茹《ゆ》で上がったパスタにクリームソースを絡ませていた。

お皿に盛っていたら、ボクサーパンツ一枚の彼がキッチンにやってくる。

何度も見たはずなのに、均整の取れたあまりに美しい裸体に思わず口を開けて見とれてしまう。

彼と一緒にいるとぼんやりするのは、イケメンすぎる彼の罪ということにしておこう。

「タミちゃん、洗濯機使っていい？」

お皿に近づけた鼻を子犬のようにヒクヒクと動かしながら、彼が言った。

「いいけど……帰るまでに乾かないよ。乾燥機ないし」

実は私も気になっていたのだ。あの汗と土にまみれたユニフォームを再び着るのはかなり嫌だろうな、と。

「俺、今日帰らないとダメ？」

彼はほんのちょっと悲しそうな声で訊《き》いてくる。

慌てて「いや、そういう意味じゃないけど……」と返すと、彼の表情がぱっと明るくなった。

「じゃあ泊まっていく。明日休みだし、まだまだヤリ足りないし」

彼はまたムニムニと私のお尻を触りながら、爽《さわ》やかな笑顔で甘えてくる。

正直嬉しいし、私だって彼に帰ってほしくなんかない。

だけど、ずるいとも思う。

彼はきっと、何をしても許されると知っている……名乗りもせずにセックスして、晩ご飯食べて、泊まっていっても私が怒らないと思っている。

無邪気に笑って、子供のように甘えて、擦《す》り寄って……そうやってたくさんの女性から許されてきた人なのだろう。

『都合のいい女になっちゃダメだよ』

というえっちゃんの声が耳に蘇《よみがえ》る。

同時にずっしりとした痛みで心が重く軋《きし》んだ。

私だってバカじゃない。彼との関係は恋愛なんかじゃなくて、ただセックスするだけの大人の関係なのだと分かっている。

彼からすれば、男に飢《う》えた三十路《みそじ》女の相手をしてやっているくらいにしか思っていないのかもしれない。

分かっているけど……

「じゃあ……ご飯の前に洗濯機動かしてくるね」

「あ、自分でする」

洗濯機のある脱衣所に向かうと、彼が追いかけてきた。

ついてこないでほしい。ちょっと一人になって心の痛みを癒《いや》す時間が必要だった。

「……うちの洗濯機、コツがいるから……先にご飯食べてて。冷めちゃう」

「まじで!? ありがと。腹減った～～!」

大人しくキッチンに戻る彼を見送って、脱衣所に置いてあるユニフォームを手に取った。汗と汚れでじっとりと重い。

よく見ると、前身ごろには〝10 EAGLE FC〟とプリントされており、胸にはイーグル便のマークである鷲《わし》の小さなワッペン。

後ろには〝JET 10〟とプリントされていた。

スポーツに興味がない私でも、彼が会社のスポーツチームに所属していることは分かった。でも、JETの意味がいまいち掴《つか》めない。だが私は大して気にも留めず、引き寄せられるように彼のユニフォームに顔を埋《うず》めた。

汗と土の匂い。彼の匂い。

この匂いを愛おしいと感じている自分は、彼に恋をしてしまったのかもしれない。

（どうせ好きになっちゃうんだろうな……そして都合のいい女になって、いつか傷つくんだろうな……）

そう思うとほんの少し涙が出た。

「タミちゃん、大丈夫？」

いつの間にか、脱衣所の入り口に彼がいた。

「臭くて涙出てきた……」

「だから自分でするって言っただろ」

彼は棚に置いてあった洗剤を掴み、ユニフォームをひったくると洗濯機に投げ込む。

全自動だから洗剤を入れればボタン一つで操作完了だ。

「コツなんていらないじゃん！　ほら、一緒にメシ食お」

大きな手を私に差し出して、彼はいつもの笑顔で言った。

うん。ずるい笑顔だ。

だけど、この笑顔が私に向けられているだけで幸せなのも事実。

（もうどうしようもないな）

私はあきらめて、大きな手に自分の手を重ねる。

私たちは手を繋いで、いい匂いのするキッチンに向かった。


いつも一人でご飯を食べている小さなダイニングテーブルに、二人分の食事が並び、二つある椅子が両方使われている。そんな光景がなんだかくすぐったい。

パスタをもりもり食べてくれる彼を見ながら、ダイニングテーブルって一人より二人で使う方が断然しっくりくるのだと、この時初めて気がついた。

優しいイケメンが「美味《おい》しい、美味しい」と連発しながら私の料理を食べて、微笑《ほほえ》み、ごちそう様のキスをくれる。

夢のように幸せだけど、これはいつかは覚める夢。

私は改めて自分に言い聞かせた。

覚めた時にがっかりしすぎないよう、ほっぺを抓《つね》りながら夢を見ていなくてはいけない。

「俺ってタミちゃんを困らせてる？」

彼が突然そう言ったのは、お皿を洗ってくれている時だった。

背を向けてテーブルを拭《ふ》いていた私は、どんな反応をしたらいいのか分からなくて、顔を上げられない。

「メシ食ってる間、ちょっと元気なかったし……タミちゃん、俺の事怖い？　うっとうしい？　迷惑？」

「怖くなんかないよ。ただ……ほら、名前も知らないとちょっと不便かなって……」

「……」

なるべく平常心を保って顔を上げると、彼は明らかに困った顔をしていた。

彼を不快にさせてしまった。夢の王子様に名前なんかなくていいのに。

「京野《きょうの》ジェット」

彼がぽつりと呟《つぶや》いた。

キョウノジェット？　今日のジェット？

「え？」

「京野ジェット。俺の名前。俺さ、すんげー自分の名前嫌いなんだ。キラキラネームってやつ。ごめん、だから言いたくなかった」

「え……」

「しかも漢字で、慈衛斗《ジェット》。〝じえいと〟。昔のヤンキーみたいだろ」

濡《ぬ》れた手で頭を掻《か》く彼は、怒っているのか照れているのかよく分からない表情で頬を染めている。

名乗らない理由がそんなことだったなんて。わだかまりがすぅっと消えていくのを感じた。

同時に私は彼の気持ちが理解できた。

私も小学生の頃から、自分の多美子という名前が大嫌いだった。響きは古風だし、何より〝美が多い子〟なんて名前は、私に全く合わなくて恥ずかしい。

「キョウ君。キョウ君って呼んでいい？」

「え……マジ⁉　うわぁ、なんか超新鮮。俺さ、全然親しくない人にまでジェットってって呼ばれてるから……」

「キョウ君って嫌？」

「良い‼」

突然私を抱きしめたキョウ君は、そのまま私を持ち上げ、数えきれないほどのキスをくれた。

◇

熱い、熱い、熱い。

キョウ君の指が、唇が、舌が、私を溶かしていく。

最後にはドロドロに溶けて液体になってしまうんじゃないかと思うほど、私はキョウ君に愛撫《あいぶ》される。

指で焦《じ》らされ、舌でイかされ、激しく突かれて、私は何度も彼の名前を呼んだ。

そして気がつくとキョウ君の腕にしっかりと抱かれていた。

（名前、知っちゃった）

昼はいっぱいサッカーして、夜はいっぱいエッチして、さすがに疲れたのだろう。

キョウ君は私の横で泥のように眠っている。

私は仕事をするつもりで起きたけど、目は覚めても体は動かないという状態で、結局ベッドに横になったままだ。

（京野ジェット……）

頭の中で何度も呼んでみる。

名前を知っただけなのに、まるで彼に心を開いてもらったかのように錯覚している。

図々《ずうずう》しいのは彼じゃなくて私だ。

キョウ君にはちゃんと釘を刺されていたのに、バカな私は自分の立場も忘れて彼を欲してしまう。

（私、なんでこんなに太っちゃったんだろ……なんでこんなに女を捨てちゃったんだろ……）

突然すごい後悔が押し寄せてきた。

今まで欲しい服に自分のサイズがなくても、恥ずかしくて同窓会に出られなくても、満員電車で人の足踏んで「コラ、デブ」って言われても、こんなに後悔したことなんてなかったのに。

愛されたいなんて高望みはしない。だけど、キョウ君には少しでも綺麗《きれい》な私を抱いてもらいたかった。

（でも……あの頃の私はもっと若くて綺麗だったのに……）

後悔という負の気持ちが、私の心を十年前に引き戻した。

一生懸命お洒落《しゃれ》して、化粧して、脱毛して、高いヒールを履《は》いていた十年前。

私の初めての彼氏は美大の先輩だった。

『タミコ可愛い、愛してる、ずっと一緒にいよう』

なんて愛の言葉を繰り返されて、結婚まで夢見ていた。

結婚情報誌を読んでいると、元彼はノリノリで二人の将来を語った。

だけど、浮気されて怒ったら、「二軍がグチャグチャ言うなよ、ブスが思い上がんな」と半笑いでキレられた。私はその時やっと現実が見えたのだ。

今にして思えば、彼は「金がない」が口癖で、タバコ買ってこい酒買ってこいとパシらさせ、デートと言えば部屋でエッチするだけで……実にろくでもない関係だった。けれどあの時、私は間違いなく彼を愛していた。

私がこの十年で、鏡を見るのも嫌なほど太ったのを彼のせいだとは言わない。

だけど、あの恋が終わって……精神的に立ち直った時、私が大切な何かを失ったのは間違いない。

突然襲《おそ》ってきた劣等感を呑み込むように、私は無理矢理目を閉じた。


朝、目が覚めると、隣に眠っていたはずのキョウ君の姿がない。ベッドには彼の残したくぼみだけがあった。

（帰ったんだ……）

寂しさを埋《う》めるように、彼の使っていた枕に顔を埋《うず》める。

わずかに残ったキョウ君の匂いを吸い込むと、なぜか卵を焼く匂いがして顔を上げた。

「タミちゃんってもしかして匂いフェチ？」

ベッドルームの入り口で、フライパンを持ってニヤついているキョウ君と目が合った。

相変わらずボクサーパンツ一枚で、逞《たくま》しく割れた腹筋を惜しげもなく披露《ひろう》している。

朝から眼福《がんぷく》だ。

「お腹空いたんだったら、起こしてくれればよかったのに」

そう言って、匂いになんか興味ないかのような澄《す》まし顔でベッドから起きる。

匂いフェチであるかどうかなんて答える義務はないし、そもそも私は匂いフェチじゃない……はず……たぶん。

そうやって質問を無視したら、「タミちゃんって匂いフェチだよね」と断定されてしまった。

他人に自分の性癖を決めつけられることほどムカつく話はない。確かにその傾向はあるかもしれないけど、キョウ君の匂い限定だから!!

「キョウ君はお尻フェチじゃん」

「違うって！　タミちゃんのお尻が俺をそうさせるだけだから」

「最初はみんなそう言うんだよ。ゲイだってロリだって……」

「ゲイじゃないしロリじゃない！　ケツフェチだ！」

「ケツフェチじゃん」

「はい」

勝った。

私たちはキッチンに行って、二人で朝ご飯を作った。

キョウ君の焼いてくれた目玉焼きとトースト。

食後には、昨日食べなかったアイスクリーム。

クッキー&クリームの味がするキョウ君の唇と、レアチーズケーキの味がする私の唇が重なって、一つの甘いフレーバーになった。

3　貯まったのはポイントと贅肉《ぜいにく》と恋心

ブラックタイガー、合挽《あいびき》ミンチ、鶏胸肉、卵、ほうれん草、豆腐、牛乳、その他あれこれ。

一人暮らしにあるまじき買い物の量。レジのおばさんには「そんなに食うから太るんだ」と思われていそうだったけど、気にせずポイントカードはしっかりと渡した。毎週火曜日はポイント二倍！

もう少し若い頃はスーパーのポイントカードなんてうっとうしいだけだったけど、年をとるとポイント命になってくるのはなぜだろう……

持参した買い物袋を両手に提《さ》げて、徒歩十分のマンションに帰る。

マンションの前まで来ると、汗が背中を伝っていくのを感じた。

『一週間トライアル。びっくり五百円！』

私はスポーツジムの前に掲げられているのぼりを見た。いつの頃からか登場したのぼりは、風雨に晒《さら》され、薄汚れている。

今まで気にしたことなんてなかったのに、私の脳は初めてそののぼりを見たかのように、「五百円は破格だ、お得だ」と騒いでいる。

（パンフレットでももらおっかな）

私は買い物袋を抱えたまま、スポーツジムの自動ドアをくぐった。

一度荷物を置きに部屋に戻ったら、もうトライアル五百円もパンフレットもどうでもよくなるのは分かっていた。

私はついでじゃないと行動できない女なのである。


昨日、キョウ君は、午後三時頃まで私の部屋にいて、「夕方からサッカーの練習があるんだ」と言って帰っていった。朝ご飯と昼ご飯の間にセックスを一回挟《はさ》んだくせに、その上サッカーをしに行くなんて、彼は本当にタフだ。

私はキョウ君が帰るとすぐに爆睡《ばくすい》。暗くなってから起きて、溜まっていた仕事を朝方までやっていた。

今取りかかっている仕事は、女性向けセックスハウツー本の表紙と挿絵《さしえ》。一見それと分かりにくいオシャレなイラストにするのがポイントだ。

私は出来上がったラフ図案を見直して、一晩でここまで仕事を進められた自分を心の中で褒《ほ》めた。

一昨日《おととい》、キョウ君が来てくれるまでは絶不調だったのに、今はまるで彼にエネルギーを注入されたかのように仕事が進んだ。

キョウ君と私がセックスだけで繋がった関係であることに変わりはないのに、ちょっと優しくされただけで仕事まで快調になってしまう自分の単純さが情けない。

だけど、膨大《ぼうだい》な仕事が順調に片付いていくのは良いことだ。

この一晩で仕事が進んだ分、今日は時間に余裕ができた。

私は凝《こ》った体をストレッチで解《ほぐ》しながらキッチンに向かう。そして買ってきた海老を下処理し、合挽《あいびき》ミンチを一回分ごとに分け、ほうれん草を茹《ゆ》でて、全部冷凍室へ入れた。

こうしておけば、キョウ君が予告なしで来た時も料理を作ってあげられる。

私の手料理であんなに喜んでくれるなら、ぜひまた食べてほしかった。

昨日キョウ君は帰り際に、「何かあったら電話して」と言って、私に電話番号とＳＮＳのＩＤを教えてくれた。

これは、もう少しこの関係を続けてもいいという合図なのだろうか？

数回でヤり捨てられると思っていたから、連絡先を教えてくれたというだけで、二人の関係が進んだと勘違いしてしまいそうになる。

そんな私を諭《さと》してくれるのは、『都合のいい女になっちゃダメだよ』というえっちゃんの言葉だった。

〝都合のいい女〟……昔付き合っていた彼にとって、私はまさにそういう存在だったのだろう。私は彼にナメられ、騙《だま》され、捨てられた。

大昔のことだけど、当時のショックは今も胸に刻まれている。

あんな思いはもう二度としたくない。

それなのに、プーッという聞きなれたインターフォンの音が部屋に響くと、私の心は意思に反して浮き立った。

時計に目をやれば、宅配便が届く時間帯。

「はい」

『イーグル便です。お届けものです』

声で分かる。キョウ君だ。

(えっちゃん……私、都合のいい女かもしれないけれど、幸せなんだよ。こんなにドキドキしているの、人生で初めてなの)

私は高鳴る鼓動《こどう》を落ち着かせようと、心臓の上に手を置いた。

深呼吸を一つ。「ご苦労様です」とインターフォンに答えて、キョウ君が上階に上がってくるのを待つ。

コン、コン、コン。

ドアが小さくノックされる。
一、二、三。

数えて私はドアを開けた。

キョウ君のイケメン顔を楽しみにドアを開けたのに、そこにあったのは大きな段ボール箱。

「重いから中まで入れますね～」

箱の後ろから声がする。

段ボール箱を抱えて玄関に入ってくるキョウ君は、本当に重たくて大変そうだ。

「部屋まで持っていくよ、どこに置いたらいい？」

玄関の扉が完全に閉まると、彼は箱の後ろから顔を出し、いつもの可愛い顔で微笑《ほほえ》んだ。

「新潟産八色西瓜《すいか》」と書かれた段ボール箱と、必要以上に縛《しば》りつけてあるビニール紐《ひも》の括《くく》り方で、送り主と中身が分かる。

私はキョウ君のお言葉に甘えて、荷物をキッチンまで運んでもらった。

キョウ君がそれを床に置くと、ズシンと音が響く。

送り状にサインをしながら確認すれば、やっぱり実家からだった。

「キョウ君ありがとう、重かったでしょ。時々親がお米とか色々送ってくれるの」

「マジ重かった。ご褒美《ほうび》ちょうだい」

「え……」

ご褒美って……

ねだるように顔を覗《のぞ》き込んでくるキョウ君を前に私は数秒考え、つま先立ちになる。

身長差が二十センチほどもあるので、私の唇は狙いを定めたキョウ君のほっぺには到達しなかったけれど、その顎《あご》には届いた。

踵《かかと》を床に落とすと、自分の顔が上気していくのが分かる。キスは〝サレル〟と〝スル〟じゃ大違いだ。

「けちだな」

キョウ君がニヤリと笑った。

そのやんちゃな顔がどんどん近づいてきたかと思うと、私の耳元で柔《やわ》らかな声が囁《ささや》く。

「労働の対価をきちんと支払ってもらわないと帰れない」

私の顎を指で持ち上げたキョウ君は、優しく私にキスをした。

春風のような、ふわりと暖かなくちづけ。

キョウ君の形のいい唇が、まるでスローモーションのように私の唇をゆっくりと撫《な》でる。

「まだ足りない」

ため息とともにそう言う。彼の舌が私の唇の輪郭《りんかく》をなぞり、口内へとやってきた。

昨日もこうして飽きるほど唇を重ねたはずなのに、私はそれを待ち焦《こ》がれていたことに気づく。

絡み合う舌の感覚に私が呼吸を震わせると、それに呼応するようにキョウ君が低く呻《うめ》く。

私の体を引き寄せ、その逞《たくま》しい胸に私の顔をぴったりと押しつけた。

「……キョウ君……」

「……荷物、すごく重たかったんだ……」

「うん。ご褒美、もっと……あげなくちゃね」

彼の強張《こわば》ったモノが私の下腹部に当たっていた。

私はそれを意識して、意地悪をするように体を擦《す》り寄せる。

「あぁ……俺、タミちゃんの前だと十代のガキみたいに発情する」

キョウ君が呻きながら言った。その様子が何だか可愛くて、私はさらに体を擦り寄せる。

「ヤりて～！」

キョウ君はそう叫んだものの、言葉とは裏腹に私を突き放す。

「タミちゃん、俺仕事中だから、誘惑禁止！」

「ええ……」

どちらかというと誘ってきたのはキョウ君じゃないのかと心の中で反論しつつも、私から視線を逸《そ》らし、下半身を落ち着けようとしている彼がバカっぽくて愛おしい。

男の生理現象で大変そうなキョウ君に、「水飲む？」とグラスに入れたミネラルウォーターを差し出すと、彼はそれを一気に飲み干した。

「今晩、仕事終わったら来るから、続きしよう、絶対！」

ここに長居してしまったせいで配達が押しているのだろう。

キョウ君は壁時計に視線を走らせると、慌てて玄関へ向かっていく。

「続き、絶対！」

玄関で振り返り、もう一度念を押してきたキョウ君に、私は思わず声を上げて笑ってしまった。

すごくアダルトな要望なのに、まるでゲームを取り上げられた子供のようだ。

「分かったから。行ってらっしゃい、お仕事頑張って」

私は玄関を出ていく彼の背中に手を振る。そして一人になっても、しばらく笑っていた。


この後、私は二人分の晩ご飯の仕込みを終えると、マンションの一階にあるジムに向かった。

さっきジムのパンフレットをもらいに行った時、受付にいた気さくな感じのお姉さんに、無料カウンセリングと施設見学を勧められたのだ。

あの時は荷物もあったし疲れていたしで、「また来ます」と体《てい》よく逃げてきたが、キョウ君の顔を見たらやっぱりジムに通ってみたくなった。今さらではあるが、少しでも綺麗《きれい》な自分に戻ってキョウ君の前に立ちたい。

「カウンセリングはお話をするだけですから、ジムウェアも水着もいりません」と言われたのも、重い腰を上げられた要因だ。

水着なんて十年以上着ていないのでどこにあるのか分からないし、「動きやすければ何でも」と言われたジムウェアさえも、パジャマ代わりにしているスウェットの上下くらいしか思い浮かばない。

それ以前に運動とは縁もゆかりもなさそうな体型の私がジムに入るのは、けっこう恥ずかしく、勇気がいることだった。私のイメージするジムは、ボディーメイクに励むストイックな人たちの聖地である。

しかしながら今まで親の仇《かたき》のように敵視していたジムは、入ってみると意外なほどフレンドリーに私を迎え入れてくれた。

施設を案内されながら気がついたのだけれど、こういうスポーツジムという場所では、女性は基本すっぴんだ。それどころか汗ドロドロの顔を歪《ゆが》めながら必死でトレーニングをしている。その姿は自分の全てを晒《さら》しているようにも見えた。

そんな様子を見ていたら、私の中から運動することへの恥ずかしさが消えていった。施設は外から見るよりも大きかった。二十五メートルプールの中では、割と年配の人たちが泳がずのんびりと歩いている。

ウォーキング用のレーンは蟻《あり》の行軍のような光景だが、泳ぐ人向けの中央レーンはかなり空いている。これなら人目を気にせず自分のペースで泳げるだろう。

「昼間は大体いつもこういう雰囲気ですね。五十代や六十代の方が基礎体力作りに利用されています。夜はお仕事帰りの方が多くなるので、少し雰囲気が変わりますが」

施設を案内してくれるお姉さんの言葉を聞きながらプールの水面を眺《なが》めていたら、なんだか泳ぎたくなってきた。

実は通っていた高校にはプール実習があって、私も泳ぐことは嫌いではなかったのだ。嬉々《きき》として泳いでいた当時の自分を思い出していると、お姉さんに「まずは身長、体重、血圧を測りましょう」と言われ、現実に引き戻された。

女性にとって「体重」という言葉ほど現実的な言葉はない。

◇

「下のジムなら俺も通ってるよ」

その日の夜、大盛りバンバンジーとご飯三杯を平らげたキョウ君にそう告《つ》げられ、私は固まった。

キョウ君は仕事が終わった午後七時ごろに来てくれた。

一緒に晩ご飯を食べながら、なにげなく下のジムに行ってみた話をしたら、この反応だ。

（私、ストーカーみたいじゃん！）

「真剣に付き合う気はない」と言われて以来、この言葉を肝《きも》に銘《めい》じ、あくまで受け身でいようと決めていた。変に執着して彼の重荷にならないよう、できるセフレを目指すのだ。

それなのに、偶然とはいえこのザマ。付き合う気はないと言われているのに、同じ場所に通おうとしているなんて、引かれても仕方ない。

できるセフレに全然なれていない！

私はキョウ君が嫌そうな顔をしてないか、こっそり観察した。が、彼からすればはそんなことどうでもよさそうだ。

「サッカーのない日はジムに行ってるけど、タミちゃんと付き合うようになってからサボってばっかだな」

そんな彼の言葉に「ハハ……ジム代わりにセックスしてるから似たようなものだよ

ね」なんて軽く返事をしたが、私の脳内では興奮度がK点《ケイ》越えだ。

タミちゃんと付き合うようになって！　タミちゃんと付き合うようになって!!　タミちゃんと付き合うようになってーーーー!!!!

私は今キョウ君が言った言葉を、頭の中で百回くらい反芻《はんすう》した。

「付き合う」と言っても〝セックスに付き合う〟程度の意味だろうけど、「私たちって付き合ってるの?」なんてクールな表情で訊《き》いてみたい衝動《しょうどう》に駆られる。

もちろんそんな勇気はありませんが。

「マジ、米美味《うま》い。漬物も最高。重たかったけど運んだ甲斐《かい》あったたって、お母さんに言っといて」

「……うん……あと西瓜《すいか》と日本酒もあるから」

「うぁ、新潟最高！」

今日の晩ご飯には、親が送ってきてくれた米と野菜をさっそく使用した。

私一人だったらいつもは食べ切るのが大変な量だけど、食欲旺盛《おうせい》なキョウ君がいれば、あっという間になくなるだろう。

しかも、私が新潟出身だと分かると、キョウ君は自分が北海道出身だと教えてくれた。

雪かきネタで大盛り上がりして、少し距離が近くなった気がする。

お母さんに「イーグル便のお兄さんが『重たかったけど運んだ甲斐あった』って言っ

てたよ～」なんて、混乱させるだけなので言えないが、お母さん、ありがとう！

「俺、火曜と土曜がサッカー休みだから、タミちゃんと会ってなかったら夜はジムにいることが多いよ」

綺麗《きれい》になくなった二人分の皿をシンクに運びながら、キョウ君は言う。

「それって……火曜、土曜以外は仕事終わったらサッカーしてるってこと⁉」

「土曜は試合が入る時もあるかな。日曜の午前中は子供向けのサッカー教室でコーチしてて、午後からは実業団チームの練習」

私は日本酒に合うおつまみの用意をしつつ、キョウ君のタフさに恐れおののいた。

イーグル便なんて体力のいる仕事をしているのに、仕事が終わったらサッカーかジム、もしくはセックスだなんて、超人並みだ。

「俺、タミちゃんの作る料理好き。優しい味がする」

「あ、これワサビマヨで味付けしたから、あんまり優しい味じゃないよ」

私はカイワレ大根とシソを生ハムで巻いただけのおつまみをリビングルームに運ぶ。

キョウ君はウキウキしながら新潟の地酒を持って、私に続いた。

後口《あとくち》が甘めのこのお酒には、ピリッとするおつまみがよく合うのだ。

彼はお酒に強いわけじゃないけれど、ゆっくりまったり飲むのは好きらしい。

私はほろ酔いで乱れちゃう数時間後の自分をこっそり想像して、顔を赤らめながらキョウ君と乾杯した。

そして数時間後。

予想を外した私は可愛いキョウ君の寝顔に見とれていた。

雪国あるある話で盛り上がりながら、えっちゃんにもらったお気に入りの江戸切子《えどきりこ》で飲み進めていたら、キョウ君が潰《つぶ》れてしまったのだ。

二人で飲んでいた一升瓶《いっしょうびん》は三分の一にまで減っている。明らかに飲みすぎた。

このまま寝かせてあげたいけれど、キョウ君は明日も仕事のはず。時間はもう深夜一時近くになっている。

「キョウ君、そろそろ帰らないと。明日仕事でしょ？」

「んん……やだ……タミちゃんと一緒にいる。タミちゃん大好き……」

（なんだこの可愛い酔っ払い）

飲めば飲むほど言動が幼くなってくるとは感じていたが、酔っ払って甘えるタイプだったとは……合コンでお持ち帰りされる女子みたい。

「じゃあキョウ君、こっから直接仕事行く？　何時に起こせばいい？」

「……六時……お休み……」

「ベッドで寝て！」

キョウ君は夢遊病者のようにフラフラとベッドに向かう。そんな彼を追いかけていった私は、ベッドを大きく軋《きし》ませて倒れこんだ彼のズボンを脱がそうと試みた。

すでに脱いでいる上着と一緒に夜のうちに洗って干しておけば、明日は綺麗《きれい》なユニフォームで出勤できるだろう。

力任せにズボンを脱がせていると、キョウ君が芋虫のように体をくねらせた。

「エッチ……犯される……」

冤罪《えんざい》だ！　未遂《みすい》だ！　妄想だけだ！

半分寝ながら言ったキョウ君に心の中で苦情を言う。

私もいつもより飲みすぎていた。だけど私は酔えば酔うほど頭が冴えてくるタイプだ。こんな時に私がするのは仕事しかない。

今仕事を進めておけば、昼にジムに行く時間ができる。

一週間五百円のトライアル中は、行けば行くほどお得感が増す。逆に、一週間で一回しか行かなければ、頭を掻《か》きむしりたくなるほどの敗北感を覚えるだろう。賽《さい》は投げられた。負けるわけにはいかない。

私は寝息をたて始めたキョウ君にそっと布団を掛け、足音を忍ばせて寝室を出る。

仕事部屋に入ると、雑誌の付録になる袋とじポスターの原画の作成に取りかかった。

もちろんＨ系だ。

仕事はいつも三、四件、同時進行している。

私と同等のキャリアがあるイラストレーターは、仕事を選《え》り好みする人がほとんどだけど、私は仕事は断らない選ばないがスタンスだ。

仕事を選んでいては、このマンションのローンは払っていけない。三年前、すでに誰かと結婚できるなんて甘い考えを捨てていた私は、一人で年老いていく将来を考え、２ＬＤＫのこのマンションを購入した。

仕事が仕事なだけにローンが下りにくく、支払った頭金《あたまきん》は総額の三十パーセント。もう気分は一家の大黒柱《だいこくばしら》だ。家族いないけど。

私は頭を仕事脳に変換させながら、いつものように音楽プレーヤーに繋いだスピーカーからショパンのピアノ作品集を流した。クラシックなんて柄《がら》じゃないけれど、作業をしている時は耳に軽やかに響くピアノ曲が一番集中できる。

飽きるほど聴いた幻想ポロネーズを脳内に溶かしながら、私は作業を進めていった。

今回の作品は、水彩絵具で着色をしてからパソコン上で仕上げをするという、私の得意技。手間はかかるけど、美大出身者の腕が鳴る。

構図は紅葉を背景に、着物をはだけて胸を露《あら》わにした女の子が縛《しば》られているというもの。

出来上がっていた下絵に幾重にも淡い色を重ね、深みのある色合いを作っていく。

一筆ごとに紙上の女性に息を吹き込んでいく作業は、何度経験しても楽しいものだった。水彩絵具が予想もしないにじみを作る。コンピューターでは味わえない面白さに、私は没頭していった。

作業を始めて何時間か経過した頃。

ちょっと一息吐いた瞬間、背後に人の気配を感じて振り返った。

そこには、ボクサーパンツ一枚のキョウ君がいた。

「タミちゃんいつまで経《た》っても寝に来ないから……」

部屋を見渡した彼は気まずそうに言い訳をする。明らかにすっかり酔いが醒《さ》めた表情をしている。

机の上には胸を露わにした女の子のイラスト。

本棚には美術関係の本に交じって、成人向け雑誌や男性向けのグラビア写真集。画材の隣には大人の玩具《おもちゃ》。

開けてびっくりおもちゃ箱（年齢制限有）……とかふざけている場合ではない。事態は深刻だ。

一人暮らしの女の部屋にこれだけのアダルトグッズが隠されていたのでは、どんな酔っ払いでも正気に戻ってしまうだろう。

一番見られたくない人に見られてしまった……

絶対引かれた、軽蔑された、欲求不満こじらせ三十路《みそじ》女だと思われたー！

私は「姿を見られたからにはもうここにはいられません。長い間ありがとうございました」と弱々しい鶴《つる》のごとく飛び去りたかったが、ここは私の家、ローン付だ。逃げ場などなかった。

鶴になれない私はまな板の上の鯉《こい》。

私は顔を伏せると、言い訳をするか開き直るか思案する。

「すっげ……これタミちゃんが描いたの？」

私が死にかけの鯉のように口をパクパクしていると、キョウ君は作業中の絵を覗《のぞ》き込んだ。

私は観念して打ち明けた。

「私、本当はイラストレーターなんだ……特に成人向けの」

「すっげー、すごいよタミちゃん。マジ、マジですごい才能。尊敬する!!」

するとキョウ君が興奮《こうふん》気味に答えた。

まるで高名な画家にでも会ったかのように、キラキラした瞳で私と作品を見比べている。

その様子に私は困惑してしまう。

今まで仕事関係者以外には、自分の仕事を自慢できた事なんて一度もなかった。どんなに苦労して悩んで作り上げたとしても、エロである限りは邪道《じゃどう》なのだという後ろめたい気持ちがある。

「……卑猥《ひわい》でしょ？」

恐る恐る私が問うと、キョウ君はすごい勢いで首を横に振った。

「卑猥とかエロとか言う前に、こういう才能がない俺から見たらすごいの一言だよ。タミちゃんの絵、マジかっこいい。迫力ある。俺、絵とかよく分からないけど、タミちゃんはすごい」

熱く語るキョウ君にハグをされ、私はやっと彼の言葉を素直に受け止められた。嬉しい。

業界では認められているけれど、こうして彼に認められたことが嬉しかった。

「じゃあこういうのって仕事の資料？」

キョウ君は面白そうに画材棚に置いてあったアダルトグッズに手を伸ばす。

「仕事の資料もあるけど、パッケージのイラスト描いたりすると完成品が送られてくるから……もらっても困るだけなんだけど」

「俺さ、時々タミちゃんがオーダーする大人の玩具《おもちゃ》を配達しながら、この人は随分玩具好きだなって思っていたんだ。誤解してた」

「……え!?　……何で……何で私がそういうのオーダーしてるって知ってたの!?」

一瞬の喜びも吹っ飛んで、私は一気に蒼白《そうはく》になった。

もちろん届けられる箱や送り状にはそれらしい表記はない。内容物は、化粧品もしくはＰＣ部品と記載されている。

「ああいうのって宅配業者には分かるんだよ。ほら、この前届けたエバーラスティングってヤツとか、担当地区のラブホにも納品してるメーカーだから……あ、タミちゃん？　大丈夫？　そんなにショックだった？」

狼狽《うろた》えまくる私を、キョウ君は面白そうに見ている。

彼は私と仲良くなる前から、私のことをバイブなんてオーダーする女だと思っていたのだろうか？

いや、実際オーダーしているのだけれど、それは資料！　仕事の資料～～!!

「あ、あのね！　それも仕事の資料で……官能小説の挿絵《さしえ》なんだけど、作中にバ、バ、バ、バイブが出てきて、写真だけじゃイメージが湧かなかったから……決して趣味ではないの！」

夢中になって否定したせいか、私が言い終えた時には二人の間になんだか微妙な空気が漂《ただよ》っていた。

私、今なら、エロ本を親に見られた少年が「それ友達の」と真顔《まがお》で言う気持ちが分かるよ！

これ以上ないくらいに頭に血が上っている私を見つめるキョウ君は、悪戯《いたずら》っ子のようなキラキラした瞳をしていた。

「こういう道具、使わないともったいないよな。そういえば俺、昼間誰かさんにスゲー焦《じ》らされたんだっけ……」

そう言ったキョウ君は、誕生日に届いたばかりのブツを面白そうに眺《なが》め、「これだったら俺の方が大きいじゃん」などと言っている。

まさにその通りなので、私は黙って頷《うなず》いておいた。

彼がスイッチを入れると、それはヴゥー……グィングィンと振動《しんどう》し始める。

少しの間キョウ君は色々操作していたが、何を思ったか、私の方を見てニヤリと笑った。

そして言う。

「さ、タミちゃん。大人しくベッドに行こうか」

ヴゥー……グィングィンと振動を続けるバイブで、ベッドルームを指し示すキョウ君。

あなたそれをどうするつもりですか……

ベッドルームに行った私は、悪い予感が的中していたことを知った。

「服脱いで、足開いて」とバイブ片手に淡々と指示をするキョウ君。もしかすると道具の力によりS属性が発動しているのかもしれない。

有無を言わさぬ彼の言葉に、私はおずおずと服を脱ぎ、足を開いた。

「……キョウ君、あの……ソレ使うの？」

「もちろん」

「……ちょっと……怖いかも」

私の告白に彼は一瞬目を丸くした。

「タミちゃん、もしかして使ったことなかったの？」

私は黙って頷《うなず》いた。

仕事関係で家にはあるけど、あんな無機質《むきしつ》なモノを自分の中に入れるなんて、チキンな私には無理だ。タンポンでさえ苦手で、一回しか使ったことがないのに。

「優しくするよ」

キョウ君はいつものずるい笑顔で、私のささやかな抵抗をあっという間に取り除《のぞ》いてしまう。

キョウ君は私のひざ小僧にそよ風のようなキスをすると、私の足の間に視線を落とした。

「ヒダが少し出てる。エッチだね……もっと見せて」

と言って、私の恥丘《ちきゅう》から少しはみ出ている小陰唇《しょういんしん》の先っちょを指先で軽く撫《な》でた。

じっくり見られて緊張していた私は、「ん……」と吐息を漏《も》らす。

「タミちゃん、ダメだよ、コレくらいで感じていちゃ。ほら、開いて……あ、垂《た》れてきてるじゃん」

「だって……キョウ君に見られるの……恥ずかしくって」

「恥ずかしいと垂らすぐらい濡《ぬ》れちゃうんだ。じゃあほら、もっと恥ずかしくなって」

私は彼に促《うなが》されるまま自分の両手で恥丘を広げ、全てを晒《さら》す。

キョウ君はそこを熟《う》れた瞳で眺《なが》めながら、舌なめずりをした。

その様子がとってもセクシーで、私はますます濡れてくる。

早く欲しい、キョウ君ので私の中をいっぱいにしてほしい。

「タミちゃんのクリ、小さくて可愛い。こんなのでちゃんと感じるんだ」

キョウ君はそう言うと、そこにバイブの先を当ててスイッチを入れた。

「ひゃ！　あ！　あぁぁ……あ、ちょ……あぁぁぁ」

細かな振動《しんどう》に私は翻弄《ほんろう》される。無機質で単調なそれは、容赦《ようしゃ》なく快感を与え続け、私に呼吸をする暇も与えないほどに攻め立てた。

キョウ君はクリトリスの包皮を持ち上げると、触れるか触れないかの微妙な位置でバイブを左右に動かす。当たっている部分は小さいのに、その振動が快感を絶え間なく送ってきた。

「やっ！　ダメっ！　あぁああ……」

「いい声だ……でもまだ足りない。もっと聞かせて」

キョウ君は私の耳を噛みながら囁《ささや》くと、喘《あえ》ぎ続ける私の口角から唾液《だえき》を舐《な》め取った。

キョウ君の目が、獲物を食らおうとする狼のようにギラついている。私は彼もまた、視覚と聴覚で感じているのだと知った。

ピリピリと細かい快感が一秒ごとに大きくなっていく。

「キョ……あ、あ……キョウく……」

止めどなくやってくる快感で、彼の名前さえも呼べない。それでもキョウ君は私の気持ちを理解したように、クリトリスにバイブを押し付ける。そしてぐにゅ、ぐにゅ、とそれを回転させた。

「や、あ！　あ、だめ！　つよ、い、よぉ、……ダメぇぇ……」

「強い？　痛い？　気持ちいい？」

「き……もち……いいいぃい……」

敏感な部分を執拗《しつよう》に攻められて、急速にやってきた子宮を締め付けられるような感覚に、体を捩《よじ》る。無意識のうちに私は、その無機質《むきしつ》な棒に自ら擦《す》りつけるように動いていた。

ヴーーと響くバイブの音が、グチュ、グチュ、といやらしい音に消されていく。

「あ、ああ……キョウくん、イ……イ……くぅ」

「イって」

キョウ君の命令に従うように、私は大きく体を痙攣《けいれん》させて絶頂を迎えた。

その瞬間キョウ君は、この快感を与えているのは自分だと誇示するように、私にキスをくれる。

じゅる、と彼に唾液を吸われながら、私は強い快感の波が凪《な》いでいくのを待った。

「あっという間だったね。小さいのに敏感だ。ほらドクドクしてる」

キョウ君は楽しそうに疼《うず》く芯に指を当てて、そこが痙攣している様《さま》を楽しんだ。

そして私の呼吸がまだ乱れているのにもかかわらず言う。

「もう一回、イこっか、タミちゃん」

「え？　キャ、あああ……あ、あ……」

「イって。見ていてあげるから」

やっぱりキョウ君は、道具の力でＳ属性が発動していた。

まだ疼いているクリトリスに、そっとバイブの先が当てられる。

「ダメ、あ、あ、やーぁぁ……」

「朝までいっぱいイって。いやらしいタミちゃん見せて」

「あ……キョ……きょう……くぅん……あ、あ！」

ビクビクと体が何度も痙攣《けいれん》し、その度に私は大きく体をくねらせた。

キョウ君は逃がすまいとするかのように私の肩を掴《つか》むと、バイブでかき混ぜる。

「キョウく……ごめん……イクよぉぉ」

敏感になっているそこは、あっという間に私を頂点へと押し上げる。

私は自分の声だとは信じられないようなエッチな声をあげて、絶頂を迎えていた。

休みなしで二回連続でイった私は、しばらく動けなかった。

乱れすぎて恥ずかしい。

両手で顔を隠してベッドに横たわっていると、キョウ君にその手を除《の》けられた。そして彼はご褒美のようにねっとりと甘いキスをくれる。

「タミちゃんをこんな風にしちゃう機械に嫉妬《しっと》するな。今度は俺に舐《な》めさせて」

彼の言葉に、私は涙に濡《ぬ》れた目を慌てて見開いた。

まだあそこがジンジンしている状態で、キョウ君に舐められたら……舐めてほしいけど……もうどうなってしまうか分からない。

「……私、今度はキョウ君にしてあげたい」

そう言いながら彼のアソコに視線を走らせると、案の定はち切れそうなくらい血管を浮き上がらせたモノが、頂上から透明の液体を垂《た》らしている。

「キョウ君も……いっぱい垂れてる」

「だってタミちゃんがいい声で啼《な》くから」

彼は私をギュッと抱きしめると、耳元で囁《ささや》いた。

「それじゃあ二人で舐め合いっこしようか」

私の返事を待たず、キョウ君は私を押し倒すと素早く体勢を入れ替えて、自分が下になる。

彼は遠慮も躊躇《ためら》いもなく私のそこに顔を埋《うず》めると、まだ硬く膨らんでいる芯を舌で弾《はじ》いた。

「あ！　きょ……あ、ぁああ」

私だって目の前にある隆々《りゅうりゅう》としたものに触れたいのに、キョウ君からの刺激が気持ちよすぎて全然集中できない。イったばかりのそこはすごく敏感になっていて、私は彼に舐め上げられるたびに体を痙攣させた。

キョウ君にも気持ちよくなってほしくて、なんとか彼のモノを咥《くわ》えたけれど、喘《あえ》ぎ声を外に漏《も》らさないためのストッパーにしかなっていない。

それを口いっぱいに入れたまま、私はキョウ君の舌にねっとり舐められる快感に喘ぎ続けている。

やがてヴゥーと音がしたかと思うと、硬いものが私の膣口《ちつ》に押し当てられ、私の蜜で滑るように中に入ってきた。

キョウ君は、バイブで膣《ちつ》の中をかき混ぜながら私の芯を舐《な》めている。

「あ……んぁあ、きもち……ぃい。だめぇ……」

グチュグチュと滑《ぬめ》りのある水音が響く中、私はキョウ君のモノから口を離し、ひたすら喘《あえ》いでいた。

「きょう……くん……だめ、また……イッちゃうぅ。ごめん……ごめんね、イくぅ」

私は思わずキョウ君の腰を抱え込み、やってくる爆発を制御しようと試みる。

けれどそれも叶わず、再び私は体を跳ねさせて、駆け抜ける強い快感を解放した。

「ごめんね……キョウ君、ごめんなさい」

「何で謝るの？」

「だって私ばっかり……」

「タミちゃんが気持ちいいと俺も嬉しいよ」

もう体に力が入らず、すっかりのびている私を、キョウ君はよしよしと撫《な》でてくれる。

「でもそろそろ俺も限界かな。タミちゃんも出来上がってるし」

ほら、とキョウ君が私の前にかざした玩具《おもちゃ》は、粘着質な液体ですっかり濡《ぬ》れていた。

「タミちゃんはリラックスしてて。俺はちょっとコイツの処理をするから。それからまた玩具で遊ぼう」

キョウ君はコンドームを手早く装着しながら、ヌラヌラになっている私の太腿《ふともも》を広げ、硬くなっているモノの先で膣の入り口を押し上げた。

すっかり解《ほぐ》されているそこは、吸い込むようにそれを受け入れる。

バイブよりも大きなキョウ君のモノが、私の中を隙間なく埋《う》める。パズルのピースをぴったりはめたみたいな満足感に、私は甘い吐息を漏《も》らした。

「すごい……タミちゃんの中うねってる。連続でイくとこうなるんだ」

「キョウ君のが……欲しかったの。いっぱい……突いて」

「……」

その願いに応えるように、キョウ君は力強く私を突き上げた。

彼は乱暴なほどに強く私の腰を掴《つか》み、自分を挿《さ》し込みながら私を自分の体に引きつける。

そして強く奥まで押しつけ、その存在を誇示《こじ》するがごとく私の深い部分を探った。

全てを埋める圧迫感と、中をかき混ぜてくる動きに、私の脳は快楽に支配されていく。

ヌチュ、ヌチュ……という粘着質な音が接合部分から漏れている。その音もまた私たちを刺激していた。

気持ちよすぎる。自分がこんなになってしまうのが信じられないほど、私は感じている。

二人とも獣《けもの》のようだった。

ただ野性の本能に従ってお互いを求め合い、絡まり合っている。

「もっと……キョウ、君もっと……」

キョウ君に突かれながら、私はさらにそれを求めた。

すると彼は私の奥深くまで挿入し、子宮の入り口を荒々しく撫《な》でていく。

体の内側から発火した炎は全身に広がり、私は今まで感じたことがないほどの快感に呑み込まれていった。

「キョウ君……私……あ、あ……キョウ君！」

「タミちゃん、……ああ……俺……」

彼の声をぼんやりと聞きながら、私は体が千切《ちぎ》れて宙に漂《ただよ》うような感覚に酔っていた。

◇

「まずは操作の練習なので、無理をせず十分程度にしましょう」

そうインストラクターさんに言われて、私は自転車をこぎ始めた。

最初は負荷が少ないので楽勝だけど、こういう時って何とも時間が長く感じられる。

明日からは音楽プレーヤーを持ってこなくちゃと思いつつ、私は昨夜の情事に思いを馳《は》せた。

昨晩、大人の玩具《おもちゃ》を手にしたキョウ君はとっても意地悪で、とっても素敵だった。

キョウ君は自分が休んでいる間も私を休ませてはくれず、一晩中弄《もてあそ》ばれ続けた私は、途中記憶が飛びそうになるほど快感に酔い続けた。

最後には、なぜか泣きながら「ごめんなさい」と謝り続けた挙句、キョウ君に「頑張ったね」と褒《ほ》められて赤ちゃんに生まれ変わったような心地だった。

いつもはちょっと大きすぎる彼のモノも、玩具ですっかり解《ほぐ》された私の膣《ちつ》にはちょうどよくて、たくさん奥で感じたせいかまだ腰がズーンと重い。

正直、ジムなど来ずに家でゴロゴロしていたかった。お尻がつりそうになるほどの激しいセックスで、十分運動は足りているはずなんだから。

だけどキョウ君にジムの話をした手前、行かなければ格好が悪い。

水着はまだ購入していないのでプールはお預けだが、新調したジムウェアを着てインストラクターさんが組んでくれた初心者向けのワークアウトメニューをこなしていく。

「中城さんの場合、食事は問題ありませんが、とにかく運動量が不足しています。こういうタイプの方は、一日三十分の運動で効果が現れますから、比較的楽ですよ」と言われて気をよくした私だったが、三十歳にもなると自分のことは知りつくしている。

毎日三十分の運動を継続することができる性格ならば、ジムのお世話になることはなかっただろう。

約一時間後。有酸素運動と筋力トレーニングで心地よい汗を流した私は、自分の体が新しくなったような爽快感に包まれていた。

運動するって気持ちいいかも。

外に出た私は、夏空を見上げて大きく深呼吸し、その足でヘアサロンに向かった。

伸ばしっぱなしで半年も切っていない髪は、毛先だけ茶色くて枝毛だらけ。そんな髪を、百均のシュシュで一つに束ねる毎日だった。

それでもキョウ君は、私の髪を時々指に絡めて愛撫《あいぶ》をするように遊んでくれる。キョウ君に触られる全ての箇所を、可能な限り綺麗《きれい》にしたい。そう思った私はヘアサロンに予約の電話を入れたのだった。

一年に二、三回しか行かないとはいえ、一応行きつけのサロンがあった。久しぶりに足を運んだら、内装がお洒落《しゃれ》に変わっている。

担当してくれていた女性のヘアスタイリストさんが産休に入ったとのことで、受付で「サロンディレクター、トップスタイリスト、スタイリストの中から選んでいただけます」と言われて、なんだか別世界に飛ばされた気分になった。

「お任せします」と答えた約二時間半後、私は雑誌に載っていた〝ソフトレイヤーミデイ、小顔に見える愛され大人カジュアル！〟な髪型になっていた。

（これで今晩、キョウ君と並んで歩いても、あんまり恥をかかせないで済むかな？）

私は浮き立つ心を必死に落ち着かせる。

4　大人の恋に優しさなんてない

「タミちゃんにご馳走《ちそう》になってばっかいるから、今晩は俺のおごりで食べに行こうよ。サッカー終わってからだから、居酒屋ぐらいしか開いてないけど」

今日の早朝、私の家から出勤していくキョウ君にそう言われた。

こんなこと、普通の女の子にとっては当たり前かもしれないけれど、私にとってはすごく特別なことだ。

なんせ前の彼氏とのデートはほとんど自宅セックス。たまに出かければ私が財布を開いた。

最近では、仕事の編集担当さんとの打ち合わせでお茶をしただけで、うっかりデートみたいと思ってしまったほどなのだ。

キョウ君とは大人な関係だと割り切るつもりの私は、二人で人様の前に出ることなどないと思いこんでいたので、誘われた瞬間、呆然としてしばらく返事ができずにいた。

「タミちゃんは嫌？」とキョウ君に心配顔をされて、私は遅ればせながら嬉しさを爆発させたのだった。

デートだ！　念願のデーーート！

ジム帰りに、ヘアサロンに行った私は、家中の服を着て、一番細く見えるワンピースを選んだ。

眉毛を整え、化粧をして、マニキュアを塗って、十分ごとに時計と鏡を見る。

まさに遠足の前の小学生のような気持ちで、その時を待ったのだった。

キョウ君は約束通り夜の八時に駅前にやってきて、私を近くの居酒屋さんに連れていってくれた。

居酒屋さんといっても大衆居酒屋みたいなところではなく、ちゃんと女性をエスコートして入るような雰囲気のいい洋食ダイニング。

カップル向けの二人掛けテーブルに案内された私たちは、生ビールで乾杯した。

キョウ君はさすがにサッカーのユニフォームは着ておらず、ジーンズにＴシャツというシンプルな出で立ちだった。だけど、シャワーを浴びる時間はなかったのだろう。ちょっと汗と土の匂いがした。

出された創作料理は美味《おい》しかったし、キョウ君は髪型を変えた私にすぐ気がついて、「似合ってるよ」と褒《ほ》めてくれた。

私たちはジムや仕事の話をしながらお酒を飲み進め、心地よく酔いながら二人でニコニコと微笑《ほほえ》み合った。

素敵な時間を過ごしていたはずだった。

それなのに、私は途中からなぜか違和感を覚え、心から楽しめなくなっていた。

その理由は、キョウ君のよそよそしさ。

互いを包む空気はけっして混ざり合おうとはせず、キョウ君と私は異なった空間にいるようだった。

分かっている。

私が求めていたのは〝恋人同士〟のウェットな空間だけど、キョウ君が求めたのは〝ちょっと親しい友達同士〟というドライな空間。

二人きりで自宅にいる時と、公共の場にいる時とを比べてはいけないのかもしれない。

外でいちゃつくのが苦手な男性は多いだろう。

だけど、私はなんとなく分かってしまったのだ。

キョウ君が、外ではあくまで私を友達だと位置づけようとしているのを。

それに彼は、意識的に自分のことをあまり話すまいとしているかに見えた。

少しプライベートな話題になると、キョウ君は私に話を振って、自分について言及されるのを避ける。

私は彼に、なぜ成人向けのイラストレーターになったのかと訊《き》かれればありのまま答え、彼氏いない歴を訊かれればありのまま答え、家族のことを訊かれればありのまま答えた。

私が自分を晒《さら》け出せば、キョウ君も呼応してくれるんじゃないかと思って。

それなのに、私がキョウ君に似たような質問をしても、彼は質問で返してきたり、話を変えたり……とはぐらかす。

私の心はギシギシと不協和音《ふきょうわおん》を立て始めた。だけど私はそれに気づかないふりをしながら笑ってビールをお替わりしていた。

結局キョウ君について新しく知ったことは、彼の年齢だけ。

二十七歳。やっぱり年下だった。

イーグル便で働くサッカー好きの二十七歳。そんな基本情報、合コンなら開始十分で引き出されるだろう。

店を出ると、キョウ君は「楽しかったね」というお決まりの言葉を口にして、私をきちんとマンションの前まで送り届けてくれた。まるでそうする義務があるかのように。

埋《う》められない隙間のある私たちは、もちろん手も繋がず、キスもせずに、健全なお友達みたいに「じゃあまた」と言って、マンションの前で別れた。

私の家にいる時はあんなに近かったキョウ君の存在は、一歩外に出ると遠かった。

この距離感は、もう以前のものには戻らないのかもしれない。

化粧を落としながら私は思う。

何を勘違いしていたんだろう。所詮《しょせん》私たちはそういう関係なのだ。

鏡の中から声がした。

「ブスが思い上がんな」

◇

買い物客で込み合う週末の百貨店で、一時間かかって選んだ水着は、黒地にモノトーンの花柄が小さくあしらわれたシンプルなデザイン。

買った時はベストな選択をしたと満足したが、十分後には、自分が調子に乗ったペンギンに見えるんじゃないかと思えてきた。

「ねぇ、この水着、ペンギンっぽくない？」

百貨店内に設置されている有料のインドアプレーグラウンドで水着を広げると、ボールプールで暴れている俊平君を見守っていたえっちゃんが、「うん、本当だ」と頷《うなず》いた。

そして「スイムキャップを黄色にしたら完全にイワトビペンギンのコスプレじゃん。交換しに行く？　スイムキャップを黄色いやつに」とのたまう。

イタズラ盛りの俊平君を連れたえっちゃんに、百貨店まで付き合ってもらったのには訳があった。

もともと私の体には水着など似合わない。そのため新しく購入するには、買うまで見張ってくれる役が必要だった。

私は洋服を買いに行った時も、結局手ぶらで帰ってくることが多い。

店頭でハンガーに吊ってある服のイメージと、私に着用され、試着室の鏡に映された服のイメージがあまりにも違っていつもダメージを食らうからだ。

そのため、一人で水着を選んで購入することに自信がなかった私。

今日は絶対購入するとえっちゃんに宣言して、彼女の「似合ってるんじゃない〜」という適当感溢《あふ》れる言葉に背中を押してもらったのだ。

それともう一つ。私はえっちゃんに怒られたかった。

「だから言わんこっちゃない。都合のいい女になっちゃダメだって言ったでしょ！」とダメ出しをもらって、自分の目を覚ますために。

ところがキョウ君との出来事を洗いざらい話してみると、意外な反応がえっちゃんから返ってきた。

「普通、好きでもない女とは、そんなに四六時中一緒にいられないものだよ。もう少し素直に恋してもいいんじゃない？」

「ジャージャー、ジャイッ！」

俊平君が次々に持ってくるボールを受け取りながら、えっちゃんは私に微笑《ほほえ》む。

そして「恋のできるタミが羨《うらや》ましい」と小さく言った。

「何言ってんの。私はえっちゃんの方が羨ましいよ。幸せな家庭を築いて……」

「はぁ？　私のどこが羨ましいの。何の才能もない普通の主婦だよ。タミみたいなすごい才能なんてないから、旦那に養ってもらうしかないし、旦那相手じゃ綺麗《きれい》になりたいなんて思えないし。俊！　ダメ！」

えっちゃんはイライラとした様子で、よその子供にボールを投げ始めた俊平君を止めに行く。

なんか意外だった。私とえっちゃんを比べたら、世間一般的にも彼女の方が勝ち組なのに。

俊平君を抱えて戻ってきたえっちゃんの顔には、もうさっきのイライラはない。

俊平君は抱っこされたかったのだろう。ママの胸にピタリと頬を寄せる様子がたまらなく可愛らしかった。

「ないものねだりだね、私たち。私、漫画家になりたかったのに、才能がないって自分で分かってたから、ずっとタミが羨ましかった。でも代わりにこんな可愛い子を授かって……それで十分幸せなはずなのにね」

「そうだね、ないものねだり。女は基本的に強欲なんだよ！」

「タミ！　タミ！　チャー、タミ！　チャー」

突然私の名前を叫んだ俊平君に、二人して顔を見合わせて笑った。

俊平君には生まれた頃からずっと「タミちゃんだよ」と教えてきたのだけど、今初めて名前を呼んでくれたのだ。

嬉しくって「そうそう、タミちゃんだよ。将来のお嫁さんだよ」と俊平君に変なことを吹き込んでいたら、えっちゃんが何気なく言った。

「そういえば、彼の名前教えてもらったの？　まさかあだ名だけじゃないでしょうね」

「教えてもらったよ。京野ジェット、だからキョウ君」

「京野ジェット……京野ジェットって……あのサッカー選手の？」

「え？」

「え？」

「え？」

子供たちの笑い声が響くプレーグラウンドで、私たちの時間が止まる。

混乱した頭を抱える女二人のうち、先に動き出したのはえっちゃんの方だった。

彼女は慎重に言葉を選びながら、ぽつり、ぽつりと〝京野ジェット〟について知っていることを語ってくれた。

大親友が一生懸命、私にショックを与えないように話してくれるのを、私は「いい友達だな」なんて思いながら見ている。

（えっちゃん、そんなに気を使って話さなくても大丈夫）

私は薄笑いを浮かべた顔でそう思う。

思考が停止してしまって、何も考えられなかった。

◇

京野慈衛斗（きょうの　じぇっと、六月一九日生まれ）は、神奈川県横浜市出身のサッカー選手。

現在、実業団リーグイーグル運輸フットボールクラブ所属。元日本代表。

三歳の頃に両親が離婚、母子家庭で育つ。五歳からサッカーを始め、地元では「天才サッカー少年」と有名な存在だった。

十四歳でＵ－16日本代表に初選出されて以降、各年代の代表チームの中心選手として活躍。

大章《だいしょう》高等学校へ進学し、サッカー部に入部。全国高等学校サッカー選手権大会には三年連続で出場し、二年次には同選手権で準優勝を果たした。

Ｊリーグに加盟する全クラブからオファーを受け、横浜ロッシュに入団。

同年十八歳でワールドカップＡ代表に抜擢《ばってき》され、チームの核としてグループリーグ全三試合にフル出場。計三得点を決める好プレーで、ワールドカップ以降複数の海外クラブよりオファーを受けた。

イギリス・ホワイトヒルＦＣへ移籍以降も同チームをリーグ優勝に導くなど貢献、ＪＥＴの名前は世界的に有名となった。

二十二歳で二度目のワールドカップ代表に選出。この時、対サウジアラビア戦にて受けたタックルが原因で左膝靭帯断裂《じんたいだんれつ》の重傷を負った。

リハビリを経て復帰したが、この怪我に由来する慢性的な痛みを抱えるようになる。

折り悪く復帰間もない練習中に右アキレス腱《けん》を断裂。

この後も右足親指骨折、肉離れなどのトラブルが絶えず、わずか二十四歳でプロリーグからの引退を表明した。

プロリーグ引退後は、実業団リーグイーグル運輸フットボールクラブに所属。

現在はジュニアチームや身体障碍者《しんたいしょうがいしゃ》へのサッカー指導を中心とするスポーツボランティア活動も積極的に行《おこな》っている。

プライベートでは二十三歳でモデルのエリナと結婚、一子を儲《もう》けた。

〝京野ジェット〟。検索サイトでこの文字を打ち込んだ私は、画面いっぱいに広がるキョウ君の情報に眩暈《めまい》を感じた。

実績からゴシップまで、彼に関するありとあらゆる情報が全世界に向けて発信されている。そこにいる京野ジェットは、私が全然知らないスーパースター。

「ジェットって、たしか結婚してるよ。モデルだかタレントだかと」

えっちゃんが遠慮がちにそう教えてくれた通り、ファンサイトにも明記されている。しかもどうやらデキ婚で、子供が一人いるらしい。

私は超有名サッカー選手の京野ジェットは知らなくても、妻のエリナのことは知っていた。

ハーフの美女で、最近はママタレとしてよくテレビに出ている。

この前は料理番組にゲストとして出ていて、子供がいかに自分の作った料理が好きかを語っていた。でも包丁の使い方が危なっかしくて、テレビを見ながら突っ込みを入れていたのだ。

(あんな美人の奥さんがいて、よく私みたいなトドが抱けたな……)

そんなことに感心しつつ、私は〝ジェット&エリナ結婚記者会見〟の動画をクリックする。

約四年前の動画は、今とは別人のような京野ジェットを映し出した。

肩にかかる長めの髪を金色に染め、その表情には今の彼の爽《さわ》やかさはない。

たくさんのレポーターの前で華やかに話すエリナに対し、彼はドラッグの売人《ばいにん》のような怪しさを放っていた。

「やっぱりお子さんにはサッカーをさせたいですか？」とありがちな質問をするレポーターに、大きな瞳を輝かせたエリナが「パパと一緒にプレーができたら素敵ですよね！」と答え、キョウ君は「子供が好きなことをさせてあげたいと思います」とぼそぼそと答えていた。

彼の情報はクリック一つで次々と溢《あふ》れ出た。

私はそれを苦い薬のように一つ一つ呑み込んでいく。

苦い、苦い薬。

涙で滲《にじ》んだパソコンのモニターを、私はいつまでも眺《なが》めていた。

◇

いつもと同じく仕事をしていても、なかなか思うように進まない。

着色すると、肌が病人みたいな不自然な色になったり、唇が血のように赤くなったりと、気がつくと私らしくないイラストになってしまう。

私は気分転換にベランダに出て、咲き誇るマリーゴールドから萎《しお》れた花ガラを摘《つ》み取った。

　咲き終わった花は株から栄養を吸い上げ、全体を弱らせてしまうので、こまめに花ガラを摘《つ》み取るのが長く花を楽しむコツだ。だけど特に美しい花は、来年用の種を取るために枯れてもそのままにしてあった。そうすると枯れた花の奥に種子をつけるのだ。

（私は咲かない花だ）

　ブチブチと花ガラをちぎりながら思う。

　一花咲かせた株はまだいい。自家製の種子から育てていると、時々おかしい株ができる。

　例えば蕾《つぼみ》はいっぱいつけるのに、一向に咲かないという奴だ。

　今年もそういう株が一つあって、咲き誇る花たちの中で、そこだけぽっかり穴が開いたように地味だった。

　肥料が少ないのか水が少ないのかとあれこれ考え、一生懸命手間をかけても、葉ばかり茂《しげ》り、蕾は固いまま枯れていく。

　私はそんな咲かない花。

　そしてエリナは特に美しい花で、種子を未来に残すのだ。

　私は花の咲かない株を根元から引っこ抜いてしまおうと手を伸ばす。

　その時、インターフォンがプーッと鳴った。

「はい」

『イーグル便です。お届けものです』

「……ご苦労様です」

なるべく普段通りに……私は深呼吸をして気持ちを整える。

コン、コン、コン。

ドアが小さくノックされた。
一、二、三。
数えて私はドアを開ける。

キョウ君の匂いが風と共にふんわりと玄関から入ってきた。

だけど私は顔を上げられない。

いつも通り受け取りのサインをして、仕事関係だと分かる荷物を受け取る。

「タミちゃん、今晩サッカー終わったら……」

キョウ君の匂いがぐっと近くに来て、聞きなれた柔《やわ》らかな声が私の耳元で囁《ささや》いた。

私は彼が近づいた分だけ後ろに下がる。

「もう、やめよ」

そう言って、呼吸を整えてから顔を上げた。

そこにはいつものキョウ君がいた。

イーグル便の制服を着て、額《ひたい》にうっすらと汗をかき、大きな瞳を私に向けているキョウ君。

それはネット動画で見た京野ジェットとは違うキョウ君だった。だけど間違いなく彼は京野ジェット。

「キョウ君、もうやめよ。こういうの」

これだけ言うのが精一杯だった。

キョウ君の瞳は一瞬見開かれ、心の内を探るように真っ直ぐ私を見ていた。

長い長い沈黙。

やがて彼はその形のいい唇を噛《か》むと、ほんの少し顔をしかめて言った。

「……ごめん」

低くかすれた声。

(何で謝るの!?)

そう心で訴えるものの、言葉が出てこない。

キョウ君はまだ何か言いたそうに口を歪《ゆが》めていたが、結局何も言わずに玄関に立ち尽くしていた。

出ていってほしい。あの逞《たくま》しい胸板を両手で思いっきり突いて、玄関から追い出してしまいたい。

出ていってほしくない。あの逞しい両腕を引っ張って、部屋の中に連れ込みたい。

昨夜、一晩中ネットでキョウ君の情報を漁《あさ》っていたせいで、私の脳味噌《のうみそ》は疲れ切っていた。

だけど、キョウ君の姿を目にすると、その魅力に酔ってしまう。

私は完全に混乱していた。

（ダメ、ダメ……これ以上ここにいないで）

ビービーと脳が警告の信号を発し、私はそれに急《せ》かされるように叫んでいた。

「出ていってよ！」

私の大きな声が、わずかに残っていた何かを粉々に壊してしまう。

捨てられた子犬みたいに寂しげに出ていくキョウ君を、私は呆然と見送っていた。

5　一回休んで振りだしに戻る

私とキョウ君の情事は、一週間もせずに終わりを迎えた。

所詮《しょせん》セックスだけで繋がった関係だったのだ。

恋愛慣れした人ならば、三日もあれば忘れられるだろう。

だけど私は、一か月経過してもまだ引きずっていた。

今まで通り、イーグル便の配達に来るのがキョウ君だからという事情もある。しかも彼は、私と顔を合わせるたびに、何とも言えない表情をするのだ。

何か言いたげな、悲しげな、寂しげな……

そんな彼を見ていると、なんだか私の方が彼を傷つけた裏切り者みたいに思えてくる。

一か月前と同じく捨てられた子犬のような瞳で私を見てくるキョウ君に、「お前には超美人の嫁がいるだろーーー!!」と叫ぶ勇気がない私は、うっぷん晴らしにジムに通った。

えっちゃんが「これで元気出して」と言ってプレゼントしてくれた黄色いスイムキャップ。私はそれを被り水を得たペンギンのように泳ぎまくる。地上ではドスドス歩いていても、一歩水に入れば私は身軽だ。

そうしてほぼ毎日同じ時間にジムに通っているうちに、仲のいいオバちゃん仲間もできた。「ペンギンみたいでしょう」と水着をアピールするうちに、いつの間にか〝ペンギンちゃん〟と呼ばれるようになった私。

昼間のジムは年配の人が多いせいか、みんな気さくで居心地がいい。夜は午後十時まで営業しているが、私は夜にはジムに寄りつかなかった。

夜のジムには仕事帰りのキョウ君がいる可能性がある。ペンギンコスで彼と鉢合わせなんてまっぴらだ。

私は仕事の合間を縫ってジムに通い、体を酷使《こくし》した。

体を動かしていると、余計なことを考える時間が減るから。

再び一人でとるようになった食事は、どれだけ自分の好きなものを作っても、まるでプラスチックのように味気ない。だから自然と最低限の量しか食べなくなった。

そうやって過ごしているうちに、ジムのトレーナーさんによる定期健診で、四キロも体重が落ちていることに気がついた。「筋肉が付き始めているから、一気に四キロも落とさなくて大丈夫ですよ」とトレーナーさんに注意されたほどだ。

家では久しく体重計に乗っていなかったので、自分が痩《や》せたことにも気づかなかった。

一か月で四キロなんて快挙なのに、なぜか全然嬉しくなかった。

痩せて綺麗《きれい》になってお洒落《しゃれ》して……それで？

私は恋には向いていない。それがよく分かった。

今回も、自分はただのセフレだと頭では分かっていたのに、あっという間にキョウ君にのめり込んだ。挙句、勝手に傷ついている。

私は男と関わりを持つと、上手くいかないのだろう。そういう女だと諦めて、独り逞《たくま》しく生きていくしかないのだ。

綺麗になりたいという欲求は消えていたけれど、運動は日課となり、次第に体がそれを求めるようになっていた。


私がいつものようにジムのトレーニングを終えて部屋に戻った時、事件は起こった。

帰宅した私を出迎えたのは、スマホの着信履歴。

テーブルに置きっぱなしだったスマホを見ると、着信が二件と留守電が一件入っていた。

着信は二件とも非通知だったので、とりあえず留守電を再生した。

するとスマホから女の人の声が流れ出し、部屋の空気を重く変えていった。

『ジェットの家内の京野エリナです。いつも主人がお世話になっています。主人が色々とあなたに調子のいいことを話しているかもしれませんが、くれぐれも本気になさらないように。モテる人なので少々の浮気は容認していますが、あまりしつこくするなら慰謝料請求《いしゃりょうせいきゅう》も考えています。とにかくもう会わないようにして下さい』

私は電話を握りしめたまま固まっていた。

酸素が薄くなったように、息をするのが苦しい。

一度大きく深呼吸して、思考を整えた。

なんかドロドロの昼メロみたいな状況に陥《おちい》ってしまったけど、色々とずれている……

キョウ君は私に何も調子のいいことなど言わなかったし、大体にして、もうそういう関係ではなくなっている。

（他の女とごっちゃになってるんだろうなぁ）

そう思うとため息が出た。

たぶんキョウ君は、あの人なつっこい笑顔を武器に、色々な女をつまんでいるのだろう。

私と一緒にいた数日間だって、家族の気配など微塵《みじん》も見せなかった。

そう考えると、あんなスーパースターのイケメンが私みたいな女に手を出したことにも納得がいく。全国の美味《おい》しいものを食べ歩いていたら、たまにはゲテモノも試してみたくなったのだろう。

（慰謝料請求されても困るし……キョウ君に話しとかないとダメだろうな）

私は毒が染み込んでいそうなスマホを眺《なが》めた。

待ち受け画像を見て今日が土曜日だと気づく。

時間は午後三時過ぎ。確かキョウ君は土曜日はサッカーがお休みで、夜はジムに来ると言っていた。

そして日曜、月曜はキョウ君の仕事は休み。仕事中のキョウ君を捕まえるには火曜日まで待たなくてはならない。正直、こんな昼メロチックな状況は一刻も早く抜け出したかった。

そう思った私は、彼を探しに夜のジムに行くことにした。

電話番号を知っているのだから、電話で一言用件を伝えればいいだけなのに、キョウ君が来るかもしれないからとジムに向かう私は、結局彼に会いたいのだと内心では分かっている。

だけど、私は自分の気持ちに気付かないふりをして、仕事をしながら時間が経つのをジリジリと待った。

パソコンで単純作業をする間、キョウ君の顔なんて見たくない、見たくない、と念じてみたりする。そんな自分が情けない。

時計の針が七時ぴったりを指した時、私は気が入らない仕事を中断し、ジムに向かうため席を立った。

ジムの扉を開けた私は、そこに見たくないはずの男を発見して、思わず見とれてしまった。

筋トレルームで、レッグエクステンションと呼ばれるウエイトトレーニングをしているキョウ君。その上半身は裸で、逞《たくま》しい大胸筋《だいきょうきん》には汗が光り、ウエイトを支えている太《ふと》腿《もも》には弾《はじ》けそうなほどに筋肉が盛り上がっている。

キョウ君が私に気がついていないことをいいことに、眩《まぶ》しい光景に見入っていたら、「ペン……中城さんもジェット目当てですか？」と後ろから声をかけられ、私は軽く飛び上がった。

振り返れば仲のいい女性インストラクターさん。

年下の子からペンギン呼ばわりされそうになったことは何とも思わなかったが、「ジェット目当て」と言われたことが気に障《さわ》った。

「違います！」と勢いよく否定したいところだが、私が今日ここに来た理由も、入会した理由もキョウ君絡みだったことに気がついて、モニョってしまった。

彼女は「彼が入会してから女性会員が増えたんですよ」とニコニコと続ける。

確かに見渡してみれば、夜のジムは若い女性が多い。昼間のジムでおば様方に「若くていいわね～」なんて言われて頬を緩《ゆる》ませていた自分を殴りたい気分だ。

ウカウカしていたらジェットファンだと思われてしまう。焦った私は、とっとと用事を済ませることにした。

筋トレルームに入っていくと、キョウ君はすぐに私を見とめた。

彼は「タミちゃん……」と呟《つぶや》いて、また捨てられた子犬のような顔をする。

泣き出しそうにも見える弱々しい表情と、逞《たくま》しい体型のアンバランスがなんだかおかしい。だけどおかしがっている場合ではないのだ。

(あんたの嫁は慰謝料請求《いしゃりょうせいきゅう》とか言ってんだよ！　嫁を大切にしやがれ!!)

そう心で叫びつつ、「ちょっと話があるんだけど」と彼を連れ出した。

彼と共に筋トレルームから出た私を、無数の視線がチクチクと刺す。私は、ジムでこのプライベートすぎる話をするのは無理だと悟った。

有名人の彼はどこに行ってもプライバシーなどないのかもしれない。

再び彼を自宅に招き入れるのには抵抗があったけれど、結局そうするしかなかった。

「ちょっと込み入った話だから……ジム終わったら上に来て」

「あ、うん。五分で行くから！」

私がよりを戻したがっていると勘違いをしたのかもしれない。

更衣室に消えていくキョウ君の後ろ姿からは、バサバサと振る尻尾《しっぽ》が見えそうだった。

コン、コン、コン。

ドアが小さくノックされたのは、ぴったり五分後。

ドアを開けると、顔を上気させたキョウ君がいた。

急いで上がってきたのだろう。ジムパンツの上にＴシャツを着ただけの彼は、柔《やわ》らかそうな髪を汗で濡《ぬ》らしている。

そんな姿にまたトキメキそうになるのを堪《こら》えつつ、私は彼をキッチンに招き入れた。

そしてダイニングテーブルに着くよう促《うなが》し、グラスに水をたっぷりと入れて渡す。

「ありがとう」とそれを美味《おい》しそうに飲み干してから、キョウ君は私に視線を向けて言った。

「タミちゃん……痩《や》せたね」

嬉しいような嬉しくないような微妙な気持ちで「少しね」とあいまいに答え、彼の次の言葉を遮《さえぎ》るがごとく例の留守電を再生する。

『ジェットの家内の京野エリナです。いつも主人がお世話になっています。主人が色々とあなたに調子のいいことを話しているかもしれませんが――……』

女性の声が部屋に響き、空気を毒で侵食していく。

留守電を聞いているうちに、キョウ君の表情がみるみる変化していった。

怒りに声を失っている様子だ。だけど、冷静に判断すれば怒るのは妻の方であって、キョウ君にその資格はない。

「マジもう無理……勘弁してくれよ……」

怒りが頂点に達したらしいキョウ君だったが、噴火せずに沈没した。

頭を抱え込んでテーブルに突っ伏してしまう。

私としては慰《なぐさ》めてあげたいけれど、ぶっちゃけ「嫁を大切に」としか言えない。

いくら私がキョウ君のことをいまだに大好きで、大好きで、大好きでも、嫁の立場を考えれば、彼の反応は理不尽だ。

やがてキョウ君は魂《たましい》を抜かれた様子で立ち上がり、私に言った。

「タミちゃんに迷惑かけることには絶対ならないから。慰謝料とかありえないし」

そしてフラフラと玄関に向かって歩いていく。

私はなにか声をかけたくて彼を追った。

だけど言うことが見つからないまま口をパクパクさせていると、突然キョウ君が振り返る。

「俺……タミちゃんのこと……」

長い沈黙の後、ハ～～と大きなため息を吐《つ》き、彼はドアの向こうに消えていった。

(タミちゃんのこと……、何～～?)

キョウ君の途切れた言葉の先を聞きたいような聞きたくないような混乱した気持ちの

まま、私は彼の消えたドアをいつまでも見つめていた。

◇

いつもと代わり映えしない月曜のお昼過ぎ。

「やっぱりそういうＤＮＡがあるのか、この前はパパが買ってきたサッカーボールを蹴って遊んでいました～。親バカですが才能あると思いますぅ～」

お昼に簡単に作ったぶっかけサラダ素麺《そうめん》を食べながらテレビのチャンネルをあれこれ変えていたら、人形のように作り込んだ姿のエリナが画面に映し出され私は思わず見入ってしまった。

彼女が持参したらしきスナップ写真がアップになって出る。四歳か五歳くらいの男の子がサッカーボールを持っている。

私は思わず写っている子供の顔を凝視《ぎょうし》したが、キョウ君の子だ。すぐにスタジオの全体映像に切り替わってしまった。

その番組では、ママタレばかりが四人ほど集まってトークをしており、みんな南国の鳥のように派手な装《よそお》いだった。その中でもモデル出身のエリナは、高身長で特に目立っている。

私とは縁もゆかりもなさそうな、あんなスーパー美人が電話をかけてきたなんて、なんだか不思議な気持ちだった。

エリナが入れた留守電を聞いてから、約一週間。

キョウ君が誤解を解いてくれたのか、あれ以来彼女からの連絡はない。

『俺……タミちゃんのこと……』

あの時、キョウ君は何を言いかけたんだろう。

ドアの前で振り返った彼の切なげな表情と共に、このフレーズが何度も頭の中に浮かんでくる。

だけど、この後に何と言ってほしかったのかは、自分でも分からない。

私はムシャクシャしながらテレビを消すと、洗ってあったペンギンコスチュームをカバンに放り込み、ジムに向かった。


キョウ君とのことは全て終わったはずなのに、ちょっとでも油断すると乙女な恋心が湧き上がってくる。私はそれを叩き潰《つぶ》すように自分の体を酷使《こくし》した。

約二十分間、クロールと平泳ぎを交えながら泳ぎ続ける。

水は良い。

水に潜ると、耳障《みみざわ》りな雑音も、可愛く歪《ゆが》んだ音色に変わる。

水の底は隠れ家のようで、泣いていたって自分でさえも分からない。

水面には手に入れられない煌《きら》めきがあって、顔を上げて吸い込む空気はいつもよりも澄《す》んでいた。

クロールで二十五メートルプールの端まで来た私は、一旦底に足を付く。

「タミちゃん」

名前を呼ばれた気がして顔を上げたら、真上にキョウ君がいた。

Ｔシャツとジーンズ姿で、プールの中の私を見下ろすキョウ君は、幻のように霞《かす》んでいる。それが水中ゴーグルのせいだと気がついて、私は慌ててゴーグルを外した。

そこには幻なんかじゃない、鮮明でイケメンでマッチョで愛しいキョウ君がいた。

彼は片膝をついて私に右手を差し出す。

それがあまりにも「お姫様、お手をどうぞ」的なポーズだったので、おバカな私の脳はお姫様になったのだと勘違いして、右手を彼に預けた。

私の手を強く掴《つか》んだキョウ君は、右手だけで私をプールサイドに引き上げる。

お姫様なんかじゃない。私は一本釣りされたペンギンだ。

餌《えさ》に誘われて釣り上げられた私は、訳が分からず混乱している。

外したゴーグルとキャップで水着姿を少しでも隠そうとモジモジしている様《さま》は、ペンギンというより釣り上げられた蛸《たこ》っぽいかも。

「よく私だって分かったね。ゴーグルとキャップしてたのに……」

「そういえばそうだな。でも何でだろう。すぐにタミちゃんだって分かった」

「……何？　何の用事？」

「ちょっと……大切な話」

「……分かった」

神妙な表情のキョウ君。

もう嫌な予感しかしない。

(慰謝料か……あんな美人に慰謝料払うぐらいなら、キョウ君ともう少しエッチしておけばよかったな)

などとセコイことを考えつつ、私はキョウ君に「十五分後、上で」と暗号的な返事をして、更衣室に向かった。


約十五分後、私は自分の家のキッチンでコーヒーを淹《い》れていた。

(そういえば今日は月曜だから、仕事は休みか)

キョウ君が昼間のジムに突如《とつじょ》現れたことに納得しつつ、私は挽《ひ》いたコーヒーの中に染み通っていくお湯を見守る。

ドリップにお湯を注ぎ、蒸らして、またお湯を注ぐ。

小さな静寂が生まれ、やがてふんわりとコーヒーの香りが立ち上ってくる。私はこの作業が、何かの儀式のようで好きだ。

ダイニングテーブルで難しい顔をしているキョウ君にコーヒーを持っていく頃には、ざわついていた心も落ち着いていた。

「優しい味がする」

キョウ君は一口飲んでそう言った。

彼の吊り上がっていた眉が少し優しくなる。

彼が何を話そうとしているのか、内心気になって仕方がなかったが、私はキョウ君が話し出すのを待った。

彼の表情は、今まで見せたことのない緊張感を孕《はら》んでいる。話しづらいのだろう。

「どこからどうやって話せばいいのか……分からないから……話が長くなるけど……」

やがてキョウ君は話し出した。

「四、五年前、俺すごく荒れてたんだ。大切な試合で大きな怪我をして……当時の俺にとっては本当に大切な試合だったから、出場できなくなった自分に腹が立って仕方がなかった。だから一日も早く復帰したくて、必死でリハビリをして無茶な練習もした。コーチやトレーナーには焦るなってさんざん言われたけれど、俺は練習だけが問題の解決だと思って、人の言うことなんて聞かなかった。天狗《てんぐ》になってたんだ。それで……また怪我をした。やっと第一線でサッカーができると思ったら、またリハビリに逆戻り。それで俺、拗《す》ねちゃったんだ。遅れてやってきた反抗期みたいに」

へへ……と照れ笑いを浮かべるキョウ君の顔は、もうその頃の心の傷は癒《い》えたかのようにさっぱりしている。

キョウ君はサッカーに興味がない私にも分かるように言葉を選んで話しているが、〝大切な試合〟がワールドカップのことだというのは、私にも分かった。国民の期待を一身に受けながら、不可抗力でそれに応えられなかった気持ちは察するに余りある。

それはたぶん、サッカー一筋で走ってきた彼の人生の中で、初めてぶつかった壁だったのだろう。

「それで自然とサッカー仲間とつるむことが減っていって、俺は変な奴らとばっかり遊ぶようになった。ちょっと名前が知られてると寄ってくるんだよ、中途半端な芸能人とかベンチャーの社長とか、怪しい奴らが……腐った肉にたかるハゲタカみたいに。そんな奴らと夜遊びしまくって……女遊びもたくさんした。毎日誰だか分からない女を抱いて……エリナも俺にとってはそんな女の一人だったんだ。二、三回クラブで会ってノリでヤっただけ。だけど突然『子供できた、産みたい』って電話がかかってきて、『あ～仕方ないな、じゃあ結婚しよう』ってなった。俺、エリナのことは好きだとも嫌いだとも思っていなかったけど、子供は好きだから、女の方が望むなら別に結婚してもいいやって思ったんだ。正直、あの頃の俺は女なんてみんな一緒に見えていた」

私は話を聞きながら、ネットで見た結婚記者会見の時のキョウ君を思い出した。

確かにあの時の彼からは、遊びすぎて行くところまで行きついたバカ男の哀愁《あいしゅう》が漂《ただよ》っていた。

私はポーカーフェイスでキョウ君の過去を受け止めようとしていたが、この後キョウ君が放った衝撃《しょうげき》の一言でそれどころじゃなくなった。

「それで結婚して、子供が生まれた後で俺の子じゃないと分かった」

「え!!」

「エリナが産院から退院した頃、偶然彼女が電話で誰かに話しているのを聞いたんだ。『ジェットは本当の父親じゃないのを気づいていないから大丈夫』って……」

「ええ!?」

私は思わず身を乗り出す。

「彼女を問い詰めたら父親は別の男だと分かっていたけど、借金があったりして問題のあるヤツだから結婚は無理だったたって白状された。自分が貧しい家庭で育ったから、生まれてくる子供には苦労させたくなかったたって。俺、怒る気にはなれなかったけど、他人の子供を認知できるほどの度量もなくて、離婚を切り出したんだ。彼女とは結婚してから衝突《しょうとつ》することが増えていた。妊娠中で不安定だったからか、いつも機嫌が悪くて、物を壊されたり投げられたりとかしょっちゅうで。でも子供が生まれるからってそれまで俺は色々我慢していて……だから自分の子じゃないと分かっていながら仲良く家族ごっこなんてできる状態じゃなかった。別に愛し合っていたわけでもないし、あっさり離婚できると思っていたけど、結構ゴネられたんだ。出産後すぐに離婚なんてイメージが悪すぎて仕事が来なくなるって」

私はテレビで見たエリナの笑顔を思い出す。

『やっぱりそういうＤＮＡがあるのか、この前はパパが買ってきたサッカーボールを蹴って……』

芸能界って怖い。

「エリナってさ、年齢サバ読んでて、実はタミちゃんより年上なんだわ。それでもうモデルでは売れなくなってて、事務所もエリナをママタレにする気満々だったから、会社ぐるみで離婚を渋って……でも俺はこれ以上エリナと生活するのは無理だと思ったし、子供が成長していくのを見るのも微妙だったし……それで弁護士を交えて話し合って、色々交渉して、一年は離婚を公《おおやけ》にしないっていう誓約書にサインをして、やっと極秘に離婚できたんだ。その時には俺、女には一生関わりたくないと思うほど、女に不信感を持つようになっていた」

キョウ君は底の方に少し残っていたコーヒーをすすった。

私もキョウ君の話を聞いていたら何だか喉《のど》が渇いてきたので、いったん立ち上がり、二人分の水をコップに入れてきた。

彼はそのうちの一つを一気に空《から》にすると、再び話し出す。

「バカな俺も、エリナと別れてからさすがに反省したんだ。あんな自堕落《じだらく》な生活をしていたせいでこんなことになったんだと。それで自分の人生をリセットするために、サッカーで金を稼ぐのを辞めようと思ったんだ。周りからはまだやれるって言われたけど……。俺、肉体的にはそこらへんの男より強いかもしれないけれど、精神面ではまだまだ未熟なんだ。要はプロでいるプレッシャーから逃げて、ただのサッカー好きになりたかった。サッカーが嫌いになる前に」

「うん、分かる……ジャンルは全然違うけど……好きなことで稼ぐって幸せだけど辛いよね」

私は自分が大きなスランプに陥《おちい》った時のことを思い出す。

好きなことが仕事になって金額で評価され始めると、自分自身の価値までもが金額で示されるような感覚になる。

そのせいで自分の絵を見失い、画材一式を全部段ボール箱にしまって仕事部屋を封印したこともあった。

今だって、次々来る仕事を淡々とこなしながらも、もっと丁寧に百パーセントの完成度を目指して取り組みたいと悩んでいる。

好きなことを仕事にできるのは幸せだけど、それにはタフな精神が必要なのだ。

「タミちゃんは強いよ。俺、タミちゃんの絵を見て思ったんだ。こんなに迫力のある絵を描けるのは、きっと精神面が強いからだろうって。絵のことは詳しくないけど、タミちゃんが自分を追い込んで仕事しているっていうのは分かった。だから俺、ますますタミちゃんを……」

そこまで言って、キョウ君は大きなため息を一つ吐き出す。

私はソワソワしながら言葉の続きを待ったが、次に彼が口を開いた時には話題が元に戻っていた。

「実業団チームがあるイーグル便に就職して、荒れていた心がずいぶん落ち着いた。仕事も合っていたし、サッカーチームも雰囲気が良かった」

(待ってー！「ますますタミちゃんを」、何、何、何よぉ)

と心の中で悶《もだ》えたが、精神面が強いと褒《ほ》められた手前、穏やかな笑みを浮かべてやり過ごすしかない。

「でもエリナと離婚して三年近く経っても……女を抱く気が起こらなかったんだ。別にEDとかではなかったし、〝元日本代表〟っていう肩書につられて寄ってくる女はいたけど……ヤる気が起こらなかった。でも配達でタミちゃんと何度か会っていたら、この人いいなって思うようになってたんだ」

「え！」

「エリナと反対のタイプっていうのもあったと思う。ナチュラルでフワフワしてて……盗み見したらお尻とか超俺好みで……あの時エバーラスティングって会社の商品届けたじゃん。それが大人の玩具《おもちゃ》だって知ってたから、つい色々想像しちゃってさ。そうしたらタミちゃんが『エッチします？』なんて言うから、言い間違いなのは分かっていたけど襲《おそ》っちゃった。なんか強引だったけど、あの時何年ぶりかにセックスしてスゲー気持ちよかった……」

「へ？　え！　あぁ⁇　じゃあキョウ君……私の前にヤったのエリナなの⁉　何そのステーキ食べたあとで砂食べるみたいな！　ラスボス殺してからザコ殺すみたいな！」

驚く私を見て、キョウ君は噴き出した。

「やっぱタミちゃんって面白い！　なんか怒るポイントズレてね⁉」

ケラケラ笑う彼の笑顔に、私はしばし見とれる。

（じゃあ……好きになってもいいのかな、私）

そう思うと、閉じ込めていた恋心が突然溢《あふ》れ出し、私の体中を駆け巡った。

（私、キョウ君のことが大好き、大好きだ）

トクトクと心臓が脈打ち、初めて恋をした中学生のように頬を染めた私は、キョウ君との今の距離感に緊張し始める。

一メートル前にいるこの男が恋しくて恋しくてたまらない。

「俺、タミちゃんにキョウ君って呼ばれてすごく嬉しかったんだ。俺のことを知っている人間はみんな、〝ジェット〟って俺を呼ぶ。俺の耳には、それが〝元日本代表で今は落ちぶれたジェット〟って聞こえる時もあった。人生を仕切り直したいと思っても、変わった名前だから世間は忘れてくれない。しかもこの名前、俺を捨てた父親が付けた名前だから、余計に嫌だったんだ。でも、タミちゃんにキョウ君って呼ばれるたびに、まっさらの自分になれた気がした」

「私も！　私も自分の名前嫌いだったけど、キョウ君に呼ばれて好きになったよ」

そう言うと、キョウ君はまるで「知っていた」と言わんばかりに優しい笑顔でゆっくりと頷《うなず》いた。

「……俺さ、もっとタミちゃんにキョウ君って呼ばれていたいし、タミちゃんって名前も呼んでいたい。だから先週、エリナに会いに行ったんだ……仮面夫婦はもう止めるって言うために。約束の一年はとっくに過ぎていたけど、俺もエリナの仕事の邪魔をするつもりはなかったし、マスコミに騒がれるのも嫌だったから離婚を公表していなかった。でもそのせいでタミちゃんを傷つけたんじゃないかって思ったら、いてもたってもいられなくなったんだ。それで公表するって言ったらエリナが……ぐちゃぐちゃ言い出して……。ごめん。あいつ俺のスマホ盗み見して当てずっぽうに電話したらしい。女のナンバーなんてタミちゃんくらいしか入ってなかったし……」

「ぐちゃぐちゃって……公表するなって？」

「いや……俺とやり直したいとか……マジありえないし」

「……」

恋のライバルがハーフのモデルだなんて……

お母さん、タミコ三十歳、ここにきて自慢できることができました。

……とか喜んでいる場合ではない！　容姿的には全く勝てる気がしない相手だ。

でも私にはエリナに負けない気持ちがある。

キョウ君が好き、好き、好き、好き……大好き。口を開けば溢《あふ》れ出そうな、体に満ちるキョウ君への想い。

約一か月前、突然始まった私たちの関係は、いきなりエッチという距離感ゼロのものだった。にもかかわらず、あの頃はキョウ君をずいぶん遠くに感じていた。

だけど今、彼は私の隣にいる。

私が手を伸ばせば、キョウ君に届くかもしれない。

私にその価値があるかどうかは分からないけど、抑え込んでいた気持ちはもう解放されてしまった。

キョウ君、大好き。

「キョウ君……私……」

「タミちゃん……」

「キョウ君……私…………………………エッチしたい!!」

「……うん」

違う!!

ちっがーーーーう!!

(エッチじゃない、エッチじゃなくて好きだって言いたかったの。大好きだって言いたかったの!!)

自分自身から逃げてしまった……好きだなんて恥ずかしい言葉、キョウ君の大きな瞳に見つめられたら言えなくなった。

一番言いたいことが言えなくて、二番目に言いたいことを言ってしまった私。

自分の根性のなさを呪っていると、体がふわりと浮いた。

「タミちゃん軽くなったなー」

キョウ君が私をお姫様抱っこして、ベッドに向かおうとする。

私はそんな彼の肩を強く掴《つか》み、「待って」と彼を制止した。

ここで流されてセックスしちゃダメだ。言わなきゃ。

「キョウ君、あの……」

「ん？」

キョウ君の瞳の中に私がいる。

見つめ合うという行為は、セックスよりも相手の心の奥に入り込むことなのかもしれない。

キョウ君の顔がどんどんアップになって、彼の唇が私の口を塞《ふさ》ごうとした。

だけど、私には言わなくちゃいけないことがある。

私は彼の唇が私の声を遮《さえぎ》る前に、それを言葉にする。

「大好き。キョウ君大好き」

「……」

キョウ君の顔が離れていく。

もうそこには、私の姿は映っていない。

「タミちゃん……俺……」

彼は力を失ったように、私を再びダイニングテーブルの椅子に座らせた。

そして、椅子取りゲームでもしているかのように、私の周りを旋回《せんかい》し始める。

「……俺……俺……タミちゃんのこと……」

私が息を殺してキョウ君の次の言葉を待っていたら、彼は突然「あーーーーー!!」と頭を抱えて叫ぶ。私はびっくりして椅子から落ちそうになった。

「タミちゃん、俺……ごめん……タミちゃんとは一緒にいたいけど……タミちゃんはめっちゃ大切だけど……恋人とかそういうのはまだ考えられない。タミちゃんだからじゃなくて、俺が未熟なんだ……」

キョウ君は私を振っておきながら、なぜか振られたような情けない顔をしている。

私は元から「愛してるよタミコ！」なんて返事は期待しておらず、自分の言いたいことを吐き出しただけで満足していた。

〝タミちゃんと一緒にいたい〟

〝タミちゃんはめっちゃ大切〟

この言葉をもらえただけでも上等だ。

ウロウロと旋回《せんかい》するキョウ君を眺《なが》めていると、再び彼が「あーーーー!!」と叫んだので、私はまた椅子から落ちそうになった。

キョウ君は頭を抱え込んでいる。告白した方より、された方が悩みが深いとは。

「違うんだ、タミちゃん。俺……本当にタミちゃんのこと……大切に思ってる。だけど最近俺、エリナから電話攻撃を受けてて……あいつ今になって『好き』だとか『愛してる』とか……結婚してる時は金の話しかしなかったくせに、離婚を公表したいって俺が言ったら、突然ピーピー愛を語り出したんだ。俺、あいつの声聞いてると、マジ女が怖くなる。女のいない国でサッカーだけしていたくなる。……だから……ちょっと今は真剣に付き合うとかは……プレッシャーが……ごめん！」

「キョウ君、私は別に大丈夫だよ。自分の気持ちを伝えたかっただけだから。キョウ君、また前みたいに一緒にご飯食べたりセックスしたり……そういう関係ならいい？」

「……タミちゃんはそれでいいの？」

「いいよ、キョウ君とのセックス、気持ちいいし」

「分かった！　それなら俺、タミちゃんだけの専属セラピストになる！　心も体も癒《いや》す、タミちゃんだけのちょっとエッチなセラピスト。エロセラピスト、略してエロピスト！」

「……うん」

私はキョウ君の意外な言葉に呆然としつつも、心も体も癒す私だけのエロセラピストという、なんだか珍妙な存在に、わくわくしていた。

私専属のエロセラピスト、略してエロピストとは、彼氏とどう異なるのか疑問だけれど、（まぁこれでいっか）と私は納得する。

納得したら、早速癒してほしくなった。

今日は精神的にとっても疲れた一日だったので、それをリセットする癒しが必要だ。

「じゃあキョウ君のエロセラピー……略してエロピー？　試してみていいかな？」

「うん！」

可愛い笑顔で答えたキョウ君の行動は早い。早すぎる！

私はあっという間にお尻を持ち上げられ、ダイニングテーブルの上に安置された。

そしていつもよりも身長が近くなった私たちは、お互いの瞳に映る自分を見つめながらキスをする。

初めてのキスのように、優しく、優しく。

キョウ君の指が私の頬を撫《な》で、私の指はキョウ君の髪を撫でる。

一緒にいられる喜びをかみしめるように、私たちはお互いの四肢をたくさん触り合った。

「タミちゃん……すごく綺麗《きれい》だ……俺、タミちゃんの専属エロピストになれて嬉しい」

「私も、キョウ君みたいな素敵でエッチなエロピストができて嬉しい」

クスクスと笑い合いながら舌を舐《な》め合い、唇を吸い合い、キスには次第に熱がこもっていった。

キョウ君はダイニングテーブルの上に私を押し倒し、スカートを遠慮なく捲《まく》り上げると、露《あら》わになったショーツを剥《は》ぎ取ってしまう。

自分もTシャツを脱ぎながら「ここの方がタミちゃんの可愛い部分、よく見える」と言うキョウ君は、悪戯《いたずら》っ子のようだ。

そして彼はいきなり、ジーンズのポケットから五枚連なったコンドームの袋を取り出した。

私はそれを見て思わず、「キョウ君っていつもポケットにこんないっぱいゴム忍ばせているの？」と訊《き》いてしまう。

一個隠し持っている男はいても、五枚つづりでポケットからペロロロンと出す男は、マジシャンでもいないだろう。

「タミちゃんに会うから……一応。ごめん。ちょっとだけ期待してて」

「ちょっとだけで五枚つづり？」

「専属エロピストは顧客の満足度百パーセントを目指します」

負けた、笑ってしまった。

笑いを堪《こら》えようとする私を見て、キョウ君はドヤ顔で寄ってくる。私の顎《あご》に指先で触れて、再び甘くエッチなキスをくれた。

私は彼の首の後ろに両腕を回して、両足をキョウ君の逞《たくま》しい足に絡めた。私のものだよ、と彼に教え込むように。私は小さく囁《ささや》く。

「キョウ君、挿《い》れてほしい……待てないよ……」

「うん、俺も待てない。タミちゃんに触れられなくって寂しかった」

キョウ君に残りの服を剥《は》がされながら、彼の下半身に手を伸ばし、ジーンズのジッパーを下げる。

キョウ君のモノは表面に血管を浮き上がらせ、先がお腹につくほど強く勃起《ぼっき》していた。

そのエロティックな様子に、私は思わず両手を添えて上下に撫《な》でる。

「イタズラ禁止だよ。俺、今すげーサカッてるから暴発するかも」

「……うん、暴発しそう。すごく硬い」

私は手のひらに感じる張り詰めた肉感を楽しみながら、コンドームをつけてあげた。

キョウ君は再び私をテーブルの上に寝かせると、自分は立ったままで挿入してくる。

まだそれほど濡《ぬ》れていないので、キョウ君のモノを呑み込んだそこはギシギシと軋《きし》む。

だけど全部入ってキョウ君が動き出すと、ポンプで水を汲《く》み上げているみたいに蜜が溢《あふ》れてくるのが分かった。

キョウ君は奥まで挿《さ》し込むと、子宮の入り口をこじ開けるように擦《こす》りながら奥を探る。

(こうされるのが好きなんだって知っているんだ……)

好みをすっかり把握されて、私はキョウ君に操られていく。

「感じてるの分かるよ……中が動いてる」

「ぁ……うん、気持ちいいぃ……」

「いいね、この体勢……クリがピクピクしているのまで……見える。タミちゃん、触ってみせて」

「……んぁ……」

私はキョウ君に言われるがまま自分のクリトリスに人さし指を当て、その芯を潰《つぶ》すように刺激した。恥ずかしいけれど見られたい、恥ずかしいけれど感じたい。

あそこを見られているという羞恥心《しゅうちしん》が私をさらに濡らし、そこはクチュ、クチュ、と音をたて始めた。やがて私の体の奥から出てきた粘着質な液体が彼のモノに絡まり、音はグチュ、グチュ、グチュと大きなものになる。

「ああ……タミちゃん……寂しかった。こうしたかった」

唸《うな》るような声でそう言ったキョウ君に、「私もだよ」と答えようとしたら、言葉にならずに喘《あえ》ぎ声になった。

キョウ君は私の指の動きに合わせて抽送《ちゅうそう》を繰り返し、次第にその速さを増していった。

私はどんどん理性を失っていく。

執拗《しつよう》に擦られ、私は快感のあまりテーブルの上で背中を弓なりにさせる。いつの間にか結合部分を彼に見せつけるような体勢になっていた。

「気持ちいい……キョウ君……」

「ん……」

キョウ君は肉欲に支配された目で、私たちが繋がる部分を見ていた。

「あ、あぁ……あぃい……」

子宮が痛いほどに収縮し、彼の全てをさらに求める。

もっと、もっとと彼のリズムに合わせて腰を動かすと、汗を滲《にじ》ませたキョウ君の体が震えた。

私の中で彼の大きなモノがさらに膨らんでいく。

「く……ぁ限界」

キョウ君は小さく揺れると、ドクドクとそこを脈打たせた。

はぁ、はぁ、とキョウ君が肩で息をしているのをテーブルの上で見上げながら、私は去っていく雷のようにゆっくりと快感が抜けていくのを待つ。

痙攣《けいれん》が何度か体を走った後、私はまだ入ったままでいるキョウ君から体を離そうとした。

「行かないで、まだタミちゃんと一緒にいたい」

「うん」

可愛いお願いをされてときめいたのは一瞬だった。

キョウ君は私の中で小刻みに動いて、早々と硬さを取り戻していく。

「ちょっ！　キョウ君……」

「今のは準備運動。これからが本番」

「え！」

そう言ったかと思うと、キョウ君は私のお尻に両手を回し、事もなげに私を持ち上げる。

私はきゃ、と短い悲鳴をあげて思わず彼に抱きついた。

「テーブルだと背中痛くなるだろ？」

キョウ君の優しい言葉に、ベッドに移動するのだと思った私は浅はかだった。

百八十度回転したキョウ君は私をキッチンの壁に押しつけ、硬さを取り戻したそれで思いっきり突いた。

ドン、と壁が鳴ると同時に、「ぁあん！」と私の声が漏《も》れる。

壁とキョウ君の間に挟《はさ》まっている私は、床に足がほとんど付いていない。片足はキョウ君に思いっ切り持ち上げられ、爪先立ちだったもう片方の足もキョウ君の動きに合わせて床から離れていく。自然と結合部分には重力が働き、それは深く突き刺さる。

ドン、ドン、ドン、とキョウ君は荒々しく私を突き上げ続けた。

ドン、と何度目かの振動で私たちの隣から逃げ出すように、壁に掛かっていたカレンダーが床に落ちる。もう一度彼がドン、と突き上げれば、今度はその隣のコルクボードが落ちた。

キョウ君は三秒ほどそれを見つめると、苦笑して一旦体を私から離す。

「タミちゃん、壁に手をついて後ろ向きになって。家、壊したくないだろ」

彼はそう言いながら先ほどの精液を溜めたコンドームを外すと、隆々《りゅうりゅう》としているモノに新しいゴムを被せる。

既にトロトロで思考が働かない私は、言われるがままにキョウ君に背中を向け、壁に両手をついた。

「お尻突き出して……いいね。すごくそそられる」

キョウ君の手が私のお尻を撫《な》で、ギュッと揉《も》む。

じっくりとそこの感触を手のひらで味わい終わると、彼は挑戦的に囁《ささや》いた。

「激しすぎたらごめん」

私の腰を一気に引き寄せ、一番深い場所まで入ってくる。

宣言通り、キョウ君は野獣のように後ろから激しく私を突きまくった。

パン、パン、パン、と肌が打ち合う音に、恥ずかしいほど乱れた自分の喘《あえ》ぎが重なる。

熱狂の渦《うず》の中で快感を貪《むさぼ》り尽くした果てに、キョウ君は獣じみた唸《うな》り声を上げて精を放った。

すでに達していた私は、彼の体が離れた瞬間に崩れ落ちそうになり、気がつくと逞《たくま》しい腕に支えられていた。

キョウ君は「大丈夫？」と私を抱き上げ椅子に座らせる。それから自分も椅子に座り、「あ～、気持ちいい！」と天井に向かって叫んだ。だけどキョウ君の欲望は、まだ完全には満たされていなかったようだ。

彼は呼吸を整えるだけの休憩を挟むと、椅子の上でマラソンを完走した選手のようにぐったりしている私の秘部に手を伸ばしてきた。

「キョウ……君？」

「配達で毎日のようにタミちゃんに会っていたのに、完全に拒絶されて寂しかった。ずっとこうしたかったんだ。タミちゃんをぐちゃぐちゃにして……何回もイかせて……」

「あ！　ぁ……ぃぃ」

敏感になっているクリトリスをキョウ君の指で擦《こす》り上げられ、私は椅子の上で腰を浮かせた。キョウ君が触りやすいようにと、体が自然と開いてしまう。

くちゅ、くちゅ、と音を立てながら、キョウ君の指はたっぷりと濡《ぬ》れたそこを集中的に攻め、振動《しんどう》を送ってくる。

「もうちょっと強いのがいい？」

彼に甘く尋ねられて、私は吐息と共に頷《うなず》いた。キョウ君は私の全部を知っている。

包皮を引き上げられて、下からぐりぐりとキョウ君の指が小刻みに動く。

止めどなく続くいやらしい音と自分の上ずった喘ぎ声が、生活感のあるキッチンを満たしていく。そのギャップが余計にエロティックだった。

「ん……あ、あ……そこ……」

キョウ君の指が私の膣《ちつ》の中に挿《さ》し込まれる。

「ここ？」

彼はゆっくりと中を探ると、私の好きな場所を見つけて、そこを二本の指で、くに、くに、と刺激した。

「もう一本入るな……まだ俺サイズに開いてる」

キョウ君はそう呟《つぶや》くと三本目の指を入れ、私の中を刺激し続ける。自分でも分かるほどトロトロになった内側が、彼の指に吸い付く。

グチュ……コポ……ジュボ……泉が湧き出るような音と、私の喘《あえ》ぎが重なった。

キョウ君は急に椅子から下りて私の足元に跪《ひざまず》くと、椅子の縁《ふち》に置いていた私の足を自分の肩にかけた。私の足の間から見上げる彼の顔は、余裕十分でなんだか悔しい。自分はもう二回出しているから、攻める気満々なのだ。

私はいつだって余裕がない。キョウ君をこうやって目の前にして余裕があった時なんて一度もない。

キョウ君が私の太腿《ふともも》に尖《とが》らせた舌先をツツーと滑らせた。私はその柔《やわ》らかな髪を撫《な》でながら、

（口惜《くや》しいな）

と甘いため息を吐く。

「今日はたくさん気持ちよくなろう」

キョウ君は悪戯《いたずら》っぽくそう宣言すると、私の秘部に顔を埋《うず》めた。

◇

たくさん気持ちよくなろう——そう言ったキョウ君は本気だった。

翌朝、泊まっていったキョウ君を仕事に送り出した私は、コーヒーを飲みながら家を見回し、（ここは殺人現場か！）と呆れる。

キッチンの床にはランチョンマットやカレンダーが散らばり、ベッドルームにはティッシュの山。

その山の下から顔を出す大人の玩具《おもちゃ》。

前からキョウ君はタフだと思っていたけれど、性欲を溜めた彼はタフというよりエッチな悪魔だった。キッチンを破壊しそうな勢いで二回目をした後、キョウ君は私を椅子に腰掛けさせて指でイかせ、さらにあそこを丹念に舐《な》めてくれた。

それで三回ほど私をイかせておいて、呼吸困難になっている私をベッドルームに運んで三回目、そして仕事部屋から目ざとく新しい玩具を見つけ出しての四回目、私のお口で五回目、さらに朝起きてから六回目。

結局朝まで六回戦。それで爽《さわ》やかに仕事に出かけるのだから、キョウ君は人間離れしている。

私はギシギシと痛む体で部屋を片付け始めた。

お尻は筋肉痛で股関節《こかんせつ》は痛み、まだキョウ君が中にいる感覚が残っている。体はヘトヘトだったけど、なんだか全てを出し切って若返ったような気さえする。

これがエロピストキョウ君の、セラピーならぬエロピーの効能か……

私は鼻歌まじりにシーツを洗濯機に放り込み、ベッドルームを掃除する。そして充実感で満タンオーライな体でフリフリ踊りながら仕事部屋へ向かった。

今日はいい仕事ができそう。

6　恋の最終章お届けします

『エロセラピスト、略してエロピスト！　なにそれ、ジェット頭わるぅ～』

電話の向こうからえっちゃんのギャハハハという下品な笑い。続いて俊平君のキャハハと可愛い笑い声。

仕事の合間に、私からの報告を心待ちにしていたえっちゃんに電話をして、昨日キョウ君から聞かされたことをかいつまんで話した。

人の最愛の男……もとい心も体も癒《いや》す専属エロピストをバカにされたのにはカチンときたが、キョウ君が離婚していると聞くと「よかったね、よかったね」と祝福してくれたのは素直に嬉しい。

『まぁジェットがタミにきちんと男気《おとこぎ》を見せられるのが一番いいんだろうけど、私、彼が真剣に付き合うのがプレッシャーだって言うのも分かる気がするよ。ちょっと気になってジェットとエリナのことネットで調べまくったんだけど……エリナ、結婚してから急に羽振りよくなってるんだよね。離婚するまでの一年未満で、ジェットからだいぶ金巻き上げたんだと思う。下手したら一億近くなるんじゃない？　そりゃ女性不信にもなるよ』

「は？　イチオク？」

えっちゃんの口から飛び出したとんでもない金額に、私は素っ頓狂《すっとんきょう》な声を上げた。

その反応が心地よかったのか、えっちゃんは自慢のリサーチ力《りょく》を披露《ひろう》する。

『エリナがやってるブログに当時のフィーバーぶりが残ってた。セレブ婚をアピールした記事がいっぱいあるよ。結婚式も派手だし、豪華なマンション買ってるし。他にも、エリナが選び抜いたっていう高価な家具や、十万円以上するベビーカーの写真を載せてたり、マタニティーエステ紹介してたり……エリナって、モデルとして消えかけてたところを、セレブ婚をアピってブレークした感じだからね』

「でも一億って……キョウ君そんなお金持ってないでしょ⁉」

『持ってる持ってる。プロ時代、彼の契約金三億とかだったよ。スポンサー収入もあっただろうし』

思ってもみなかったキョウ君のリッチさに、私は頭がクラクラした。

私の専属エロピストはセレブリティーエロピスト……平民である私などが利用していいものだろうか？

でも、額《ひたい》に汗をかき、イーグル便の縞《しま》シャツを着て一生懸命働くキョウ君しか知らない私には、お金持ちなキョウ君なんてイメージが湧かなかった。

できることなら忘れたい。高級品はもったいなくて使えないのが私のサガだ。

『たぶんジェットは生まれてくる子供のため、家族のためと思って、エリナに言われるがまま散財したんでしょ。エリナも父親違うって知っていながら躊躇《ちゅうちょ》なく金を巻き上げるんだからすごいよ。本来ならエリナが訴えられてもおかしくないんじゃない？』

「ん～……」

私は電話の向こうで興奮《こうふん》気味に話すえっちゃんの声をぼんやり聞きながら、当時のキョウ君に思いを馳《は》せる。

たぶんキョウ君を傷つけたのは、お金の問題じゃない。

子供好きだと言ったキョウ君。今もボランティアで子供にサッカーを教えているキョウ君。

エリナのお腹が大きくなっていくのを見ながら、自分の子供が生まれてくるのをすごく楽しみにしていたのだろう。

だからこそ真実を知った時の衝撃は大きく、今も平然と子供が彼の種であるかのように振る舞うエリナに傷をえぐられる思いなのかもしれない。

『自分が貧しかったから子供に同じ苦労はさせたくないっていうエリナの気持ちは理解できなくもないけど、本当の父親はどうしてるんだろうね。自分の子供の存在、知ってるのかな？』

えっちゃんの言葉に、「さあ……」とぼんやりと応えながら、私はいつかテレビで見た、スナップ写真の中でサッカーボールを持って笑う男の子を思い出す。

(彼がいつか本当の父親とサッカーできるといいな)

電話の向こうで話し続けるえっちゃんの声を聞きながら、私は願った。

ほぼ無関係の私がそう思うくらいだから、キョウ君の立場であれば余計に居たたまれないだろう。

一つ大きくため息を吐き出して、私はやっと、えっちゃんに電話をしたもう一つの用件を思い出した。

「えっちゃん、次の日曜って空いてる？　キョウ君によかったらサッカー見においでって誘われたんだけど、見てもよく分かんないから一人で行く気がしなくって。日曜日の子供サッカー教室なら、俊平君連れて見に行ったら面白いかもって思って」

『うわ！　マジで。会いたい！　ジェットォ様に会いたい！　噂の肉体美を拝みたい！』

「私専属だから見るだけね」

電話の向こう側で俊平君が『ジェ、ジェ、ジェッツットォォー！』と叫ぶのを聞きながら、私はえっちゃんにサッカーを見に行く約束を取りつけた。

◇

夜、相変わらず減ることのない仕事を片付けるため、部屋に篭《こも》って小説の挿絵《さしえ》用イラストを描いていると、電話が鳴った。

時刻は深夜零時を回った頃。

普段着信などない時間だから、私は不審に思いながらスマホを手に取った。

ディスプレーには「キョウ君」と表示されている。

そういえば、昼間配達に来た時、彼は「今日は家に帰って溜まってる洗濯物洗ってくる。一緒にいれなくて寂しかったらいつでも電話して。電話セラピーも受け付けているから」と言っていた。

だから私はてっきりキョウ君のちょっとエッチな電話セラピーかと思って、声を弾《はず》ませて「もしもし！」と電話に出たのだった。

ところが電話口から聞こえてきた声は、思いのほか沈んでいた。

「タミちゃん、今からそっち行っていい？」

という心細そうなキョウ君の声を聞いて、私の心は悪い予感でいっぱいになった。

「ゴメン、こんな夜中に押しかけてきて」

そう言ってキョウ君が家に現れたのは、深夜一時前だった。

玄関ドアを開けたキョウ君の顔は、すごく疲れている。手には大きなボストンバッグを持っているのに気づき、私は驚いた。

「私は全然大丈夫だよ。いつも寝るの二時三時だし……それよりキョウ君、大丈夫？」

キョウ君はかなりタフな男だ。

朝まで私を抱いて早朝に起き、体力を使う仕事を終えたあと、夜はサッカーをしてまた私を抱くということを平気でする。

だから今まで疲れた顔なんて見たことがなかったのに、今は可愛い顔に痛々しいほどの疲労を滲《にじ》ませている。

「タミちゃん……もしよかったらしばらく泊めて……」

そう言ってキョウ君は私を強く抱きしめると、その大きな体を私に預けてきた。

私は彼の重さでふらつきながらも、その背中をよしよしと撫《な》でる。

キョウ君が私の専属セラピストなら、私も彼の専属セラピストでなければならない。

「キョウ君、好きなだけ泊まっていいけど……今日はとりあえず寝る？　明日も早いでしょ」

「うん……寝る」

「分かった。一緒に寝ようね」

私は仕事中だったけれど、とりあえず全てを中断してキョウ君とベッドルームへ向かう。

そしてお休みのキスをして、彼を抱きしめるようにしながら朝まで眠った。


目玉焼きの焼ける匂いで目を覚ますと、キョウ君はいつもの笑顔でキッチンにいた。

キョウ君は、朝は必ず二個の目玉焼きを食べる。

彼はまるで女子が綺麗《きれい》にマスカラを塗るように、目玉焼きを黄身が流れない程度の半熟に仕上げることに情熱を傾けているっぽい。

私はコーヒーを淹《い》れながら、リビングに置きっぱなしになっている彼のボストンバッグに目を向ける。

いつもと変わらないキョウ君を見ていると、昨夜の様子が夢のように思えるが、ボストンバッグが訳ありな彼の訪問を思い出させた。

「よく寝れた？」

二人で朝食のテーブルについて、私はさりげなくキョウ君に訊《たず》ねる。

キョウ君の作った目玉焼きが私に彼の不調を教えてくれていた。焼きすぎて黄身が完全に固まっている。

「タミちゃんがいてくれたし昨日はよく寝れた。……実は昨日、家にエリナが来てたんだ。離婚を公表したいってアイツに言ってから、毎日電話攻撃されてて。電話には出ないようにしてたんだけど……月曜にサッカーの練習場に来ていたみたいなんだ。だけどホラ……月曜は俺サッカーサボってたから」

そう、このあいだの月曜は、キョウ君が私の専属セラピストになって、たくさん癒《いや》してくれた日だ。昼過ぎから日付が変わるまで発情していたキョウ君は、人生で初めてサッカーの練習をサボったのだという。

「それで俺を捕まえられなかったエリナが、マネージャーと子供連れて家まで押しかけてきたんだ……愛してるからやり直したいとか、離婚を公表するなら損害賠償金《そんがいばいしょうきん》払えとか、子供は俺が父親だと思ってるとか、別居婚でいいし愛人も認めるとか、もうなんか……無茶苦茶《むちゃくちゃ》。俺もキレてかなり怒鳴ったけど、アイツには何も聞こえてない感じで……子供も途中から泣き出して……」

キョウ君はそこまで話すとため息を吐き、コーヒーカップに口をつける。

そして「うま」と呟《つぶや》き、気を取り直したように私にかすかな笑みを向けた。

「俺さ、エリナと離婚した時、夫婦で購入したもの全部アイツに譲渡したんだ。不動産とか車とか……弁護士には反対されたけれど、シングルマザーになる彼女に俺なりのサポートをしたつもりだった。だけど……子供の父親になってやることだけはどうしてもできなかった。だから、子供の顔を見ると罪悪感でいっぱいになる……」

キョウ君は顔を歪《ゆが》めてコーヒーを飲み切り、立ち上がる。

私はこの大きな男が小さな少年のように見えた。

キョウ君も母子家庭で育った男の子なのだ。だからこそ、父親と同じようなことをしている自分に自己嫌悪を覚えているのだろう。

「とりあえず、エリナとは会いたくないから……もしタミちゃんが大丈夫なら、しばらくここでかくまってほしい」

「もちろん私は大丈夫だよ」

私がそう返事をすると、キョウ君は力なく笑って「ありがとう」と言った。

それから仕事に行こうと立ち上がった彼を、私は思わず抱きしめていた。

強く抱きしめ、背中を撫《な》で、また抱きしめる。

大きな体の中にいる小さな少年が泣いている。

父親が出ていった日を思い出して泣いている。

泣かないで。あなたは酷《ひど》い大人なんかじゃない。

◇

この日からキョウ君との共同生活が始まった。

もちろんキョウ君は私の専属セラピストという存在であって、夫でも恋人でもパートナーでもないのだけれど、私は心の中で「新婚さんみたい！」と大はしゃぎだ。

けれど、弱っているキョウ君の前ではそれを見せないよう心掛け、キョウ君が仕事に行ってから一人ニヤニヤする。

二人分の洗濯をしてニヤ、二人分の料理を作ってニヤ、ベッドに残るキョウ君の残り香に包まれてニヤニヤニヤニヤ。そしてキョウ君が帰ってきたら真顔《まがお》な私。

一緒に暮らし始めて気がついたのは、キョウ君と私の生活は対照的だということだ。

私は買い物かジムにでも行かない限り、仕事場でもある家に一日中いるけれど、キョウ君は仕事とサッカーを両立してジムに通っているので、朝早く出て夜遅く帰ってくる。

一緒に朝ご飯を食べ、お見送りし、荷物を持ってきてくれた時に軽くキスをして、一緒に晩ご飯を食べて、二人で片付けをして、抱き合って眠る。

それだけで私は満足だったのだけれど、キョウ君はそうじゃなかったのかもしれない。

もしくは要らぬ気を使ってくれたのか……

「あんまり一緒にいる時間ないから、ジムぐらい一緒に行かない？」

共同生活三日目の木曜日の朝、二人で朝ご飯を食べていたら、キョウ君にそう言われた。

（嫌だ！　正直嫌だ！）

私は目玉焼きを口いっぱいに放り込んで、即答を回避した。

だって泳いでいる私はスイミングキャップにゴーグルという、たとえ絶世の美女であったとしても宇宙人に見える姿をしている。

「サッカーがない火曜、土曜は早く帰ってくるから、一緒にジムに行って、帰りにビール一杯ってどう？」

「……う……ん」

ノーなんて言えない。キョウ君は専属エロピストとか言っても、精神的には私の王子様だ。

それでも私の脳裏には、キョウ君と居酒屋に行った時の記憶が蘇《よみがえ》った。

今なら分かる。あの時キョウ君は、不必要に注目されるのを避けたのだ。自分のためだけではなく私のためにも。

エリナの旦那としても有名な彼とイチャイチャしていては、不倫だと世間に後ろ指をさされる。

「でも……あんまり二人で行動するのマズくない？」

私は一応キョウ君に確認をする。

「俺、いつまでもコソコソしているつもりはないから。そういうのってタミちゃんにも失礼だし。これからはカップルとして堂々としていこうよ」

そう言ってキョウ君は私に優しくキスをすると、「じゃ行ってきます！」と玄関に向かう。

私は「行ってらっしゃい」と慌てて玄関まで見送りながら、

（カップル？　カップル!?　カップル！　カップル!!）

と、心の中でキョウ君がたった今発した言葉を繰り返していた。

◇

私の人生にまだモテ期はやってきてはいないけれど、代わりに激動期がやってきたような気がする。

プライベートでは、キョウ君と出会ってから色々とあった。これは総合すると、今のところ私を幸せに導いてくれている。

一方、仕事においても色々と起こり始めている。

こちらは総合すると、私を不幸にしていた。

とにかく仕事量が多すぎるのだ。

この問題は今に始まったことではなく、いつかパンクするんじゃないかと思いながらも、便利屋さながらにどんな仕事も引き受けてきた。そんな自分に問題があるのは十分に自覚していたのだけれど。


夕方、夕食の支度を始めるため仕事部屋を出ようとした時、スマホが着信を告げた。

「三本社《さんぼんしゃ》の大木《おおき》です。中城さん元気～？」

電話の向こうで、知っている男の声が馴《な》れ馴れしく挨拶《あいさつ》をしてくる。

「お世話になっています」

三本社は最近になって依頼してくる仕事が増えた、新興の出版社だ。

数日前もイラストを数枚納めたばかりだったのでその件かと思ったが、大木さんが一方的に話し出した内容は私の予想を裏切った。

「中城さん、実は二十枚ほど簡単なカット描いてほしいんですよ。モノクロでいいんでちゃちゃっとお願いします」

私はスマホを口から遠ざけてこっそりため息を吐き出す。簡単なカットかどうかは描く私が判断することだし、いくら速さを売りにしていてもちゃちゃっと仕事をする主義ではない。この大木という男の言い草はいつも私の気に障《さわ》った。

「締め切りいつでしょう？」

「一週間で描けます？　作者さんが最終チェックの段階でカット入れたいって要望して

きたんですよ。ほんと今更困るんですけどね～」

「一週間なんて無理ですよ！」

二十枚のカットを一週間で上げろと平然と言う彼に、思わず大声で抗議してしまった。

今だっていくつかの締め切りに追われているのに、こんな量のある仕事を入れたら、睡眠時間がさらに削られることになるだろう。

「中城さん、本当に簡単なカットでいいんで～、一週間でできる範囲でお願いしますよ。こっちも予定していなかったことなんで、本当に困ってるんです」

電話口から聞こえてくる、「お願いします～」と語尾を伸ばした甘え声が、私を追い立てた。

「……予定を調整できるか検討してみるので、お返事少し待ってもらっていいですか？今日中にはお返事しますので」

私は吐き出すようにそう言って、電話を切った。

私は弱い。臆病《おくびょう》だ。

この仕事を断ってしまうと次に仕事が来なくなるのではないかといつも不安になる。

〝早い、安い、うまい〟で名前が売れたせいで、私はその呪縛《じゅばく》から逃れられないのだ。

びっしりと仕事の予定が書き込まれたカレンダーを睨《にら》みながら、私は三本社の仕事をなんとか入れ込めるか検討してみる。

担当が簡単にちゃちゃっとなんて言っているくらいだから、つまらない仕事なのは予想がついていた。それでも仕事は仕事なのだ。

「タミちゃん」

背後で突然声がして、私は思わず「キャ」と小さく叫んでしまった。

振り返ると扉の向こうに、まだイーグル便の制服を着たままのキョウ君がいた。

「あ、お帰り。早かったね」

「土曜日だからサッカーは休みだよ。土曜は早く帰ってくるから一緒にジムに行こうって約束したじゃん」

「ああ……」

仕事でバタバタしていてすっかり約束を失念していた。私はバツが悪くなって俯《うつむ》く。

そんな私の顔をキョウ君の大きな両手が包み込んだ。

「疲れてるね、タミちゃん」

「うん……ちょっと仕事がいっぱいいっぱいで。今日はジム行く時間はな……」

キョウ君の唇に言葉を遮《さえぎ》られ、私は最後まで話すことができなかった。

まるでキョウ君が口移しで不思議なパワーを吹き込んでいるかのように、自分の苛《いら》立《だ》った気持ちが穏やかになっていくのが分かる。

背中で彼の手が上下にゆっくりと動き、私を撫《な》でてくれていた。

「タミちゃん、元プロサッカープレーヤーとして言わせてもらっていいかな？」

「え？　うん」

「追い詰められた精神状態じゃいい仕事なんてできない。無理をするといつかバランスが崩れるものなんだ……俺がそうだった」

「……うん」

「俺、タミちゃんの仕事の事は分からないけど……頑張ったことは確かにその分、身につく。でも頑張りすぎると体を傷つけるっていうのは、どんな仕事でも同じじゃないかな」

「……そうだね」

私はキョウ君の胸に頭を預けながら、彼は本当に私の専属セラピストなんだと実感していた。

「キョウ君、一緒にジム行こっか。ずっと座ってばっかりだったから体が凝《こ》っちゃった」

私はそう言いながら、三本社の仕事はきちんと断ろうと決心した。

キョウ君と二人でジムのある一階に降り、例のペンギン水着に着替えて更衣室から出ると、キョウ君も水着姿でプールサイドに現れた。

彼は私を見ると「俺、泳げないから！」と高らかに宣言する。

（じゃあ何で大人しく筋トレしてないんだ……）

そう思ったものの、私は力なく「そう」と相槌《あいづち》を打ち、いつものように軽いストレッチを始めた。

一緒にジムに来てはみたけど、なるべく人目を避け、サクッといつものメニューをこなすだけのつもりだった。

それなのにキョウ君は嬉しそうに、ニコニコと私に纏《まと》わりつく。

競泳用水着を身につけているキョウ君は、ギリシャ彫刻のように美しい筋肉を惜しげもなく披露《ひろう》している。

夜のジムはジェットファンだらけ。多くの視線を浴びても全く気にしないキョウ君は、さすが大物だ。

「じゃあビート板持ってバタ足、一番端っこのレーンでね」

私は目立つキョウ君の姿を隠すようにプールに突っ込むと、自分は真ん中のレーンで泳ぎ始める。

気になって時折キョウ君に視線をやると、言われた通りビート板に掴《つか》まってすごい勢いでバタ足をしている男がそこにいた。バタ足キックが強すぎて隣のレーンまで噴水状態。

二つ離れたレーンの向こうから唖然と見ていたら、彼に見つかった。

「タミちゃー……ボボ……ボボ……ボボ……」

キョウ君が勢いよく手を振ってくるが、ビート板から手が離れた瞬間、彼の体は沈んでいく。

私は見ないフリ。

プールサイドにいる女性陣が私と彼を交互に見ながら、何かヒソヒソ話しているが、私の好きになった男はどこまでも目立つのだ。

薄い顔に薄くない体の平凡な私とはつり合わないと分かってはいるけれど、もうそういうのも気にならなくなってきた。それはたぶん、キョウ君のおかげだと思う。

それでも帰り際、更衣室で「ジェットの知り合いなんですか？」「ジェットと仲良いんですね！」「ジェットとお友達なんですよね？」と連続で話しかけられ、私は逃げるように更衣室から出るはめになった。

あれらにドヤ顔で対応するほどの自信はまだない。

おかげで、キョウ君と駅前の居酒屋さんで軽く食べながらビールを飲む私は、髪は半《はん》濡《ぬ》れ、化粧ももちろんしていないという有様だった。

こんな風呂上がりみたいな女を連れ歩いて問題ないのかとモジモジする私をよそに、キョウ君は「あーん」と私の口に食べ物を運び、私の手を握り、私の瞳を覗《のぞ》き込む。

（あぁ、こうやって彼は女を落としていったのか）

ビールよりも彼のプレイボーイテクに私は酔いしれていった。

ジムで疲れた体に程よく酔いを染み込ませ、私とキョウ君は手を繋いで同じ家に向かう。

「タミちゃんあんまり綺麗《きれい》になりすぎないで……俺だけのものだから。あ〜めっちゃムラムラする！」

と、酔っ払いに襲《おそ》われそうになりながらも、私はこの幸せを満喫していた。

その幸せが嵐の前の静けさなのだとは気づきもせずに。

◇

翌日の日曜日、朝九時ごろに家を出ていくキョウ君を、「じゃあ、また後でね」と見送った。

今日はキョウ君がコーチをしている子供向けのサッカー教室を見学しに行く日だ。

キョウ君は出がけに一緒に行こうと誘ってくれたが、私はすでにえっちゃんの車で行く約束をしていたので断った。

キョウ君が出かけてから約三十分後、私は練習場の場所をメモった紙を持って、迎えに来てくれたえっちゃんの車に乗り込んだ。

「ターミー、ターミーターーー!!」

チャイルドシートに収まっている俊平君は、覚えたばかりの私の名前を連呼。

隣に座った私は呼び捨てにされ、お菓子よこせと怒鳴られ、おっぱいをまさぐられ、完全に俊平君の奴隷化。たった三十分のドライブでかなり体力を消耗したが、とりあえず車は無事に練習場に到着した。

（えっちゃん偉い。ママって大変……）

時間をかけて整えてきた〝小顔に見えるソフトレイヤーミディ〟を俊平君にグチャグチャといじられながら、私は改めて思った。

練習場に到着してみると、そんな子育てをものともしていないような〝ママ〟が大量にいて、私は思わず後ずさった。

キョウ君に前もって教えられていた通り、小学一年生から六年生まで、かなり幅広い年齢の子供たちがいる。その数は五十人以上だろうか。

コーチはキョウ君だけでなく、キョウ君と同じようにイーグルＦＣのユニフォームを着た男性と、ジャージ姿の男性がいて、三つのチームに分かれて練習していた。

子供たちの数に比例して保護者の数も多く、小さなスタンド席はほぼ保護者席となっている。部外者の私たちには入りづらい雰囲気だ。

「タミ、ここら辺で見よっかー」

振り向けば、えっちゃんは芝生《しばふ》に小さなレジャーシートを広げ、俊平君に子供用のゴムボールを与えている。大荷物だなとは思っていたけど、レジャーシートまで持ってきている準備の良さには頭が下がった。

「ジェット、なんか昔ワールドカップとかで騒がれていた時と随分印象違うね。いい意味で」

えっちゃんは三十メートルほど先にいるキョウ君を眺《なが》めて言う。

キョウ君は一番大きい子供たちのチームを教えていて、一緒に走り回っていた。

キョウ君の生き生きとした姿も眩《まぶ》しいが、一生懸命な子供たちの姿も眩しい。

子供たちの響き渡る声はキラキラと天に溶け、汗はキラキラと地に溶ける。

「ジェット、かっこいいじゃん。こういう子供の相手って大変だよ。ボランティアでなんて普通できることじゃないと思う」

「そうだね……キョウ君はきっと大変なことでも意識せずにできちゃう人間なんだと思う。自分のすごさ、分かってないんだよね」

「ごちそうさま」

私とえっちゃんはしばらく飽きもせず、キビキビと動く大小の人間を見つめていた。

俊平君は私たちの周りで、さっそく持参したボールを見様見真似《みようみまね》で蹴って喜んでいる。

子供独特の高い掛け声が爽《さわ》やかな秋空に響き、グラウンドは幸せのオーラに包まれているようだった。この空気を作っている一人がキョウ君なのだと思うと、私は自分が盲目的に彼を好きになってしまった理由が分かったような気がした。

彼は自分の弱さを抱えながらもいつだって笑顔で、一生懸命で、周りにいる人を幸せにできるパワーを持っている。

私は、キョウ君を好きになってよかったと幸福感に浸《ひた》っていた。

でも、もしこの時、数秒後に起こる出来事を察知していたら、私はパニックになっていたはずだ。

「あ……タミ！」

キョウ君をうっとりと眺《なが》めていたら、突然えっちゃんに揺さぶられた。

「もう、何？」

とえっちゃんを見れば、彼女は私の後ろを指さしている。

振り返ると十メートルほど後方の高台に、サングラスをかけて赤い帽子をかぶった女性が立っていた。

洋服は黒ずくめだけれど、赤い柄の入った大きなショールをなびかせ、異様に目立っている。

彼女はしばらくグラウンドの様子を眺めた後、私たちの方へゆっくりと歩いてきた。

彼女の後ろには、小さな子供の手を引いたスーツ姿の男性が続く。

エリナだ。

（顔小っちゃい！　折れそうに細い！）

エリナが近づけば近づくほど、私はその芸能人オーラに圧倒される。

テレビで見るより何倍もスタイルがいい。っていうか痩《や》せすぎ！

生で会いたくない芸能人第一位の超絶美女の登場に、私はパニックになる余裕もなく固まっていた。

彼女も私たち同様、保護者が集まるスタンド席には行きづらかったのだろう。下り坂になっている芝生《しばふ》に、高いヒールをめり込ませながら歩いてくると、私たちから三メートルほど離れた場所で止まる。

エリナの子供は、ママとお揃いの黒と赤でファッションを纏《まと》め、ゴールドのネックレスとブレスレットをしていた。彼を連れているのは、おそらくエリナのマネージャーだろう。

目立ちたいのか目立ちたくないのかよく分からない彼女の姿は、当然保護者たちにも注目されている。突然の芸能人の訪問に、スタンド席はざわめいていた。

私はキョウ君が心配になって、グラウンドに視線を向けた。

案の定キョウ君は突然現れた元嫁を目にし、石のように固まっている。

表情までは見えない距離なのに、私には彼の顔面が蒼白《そうはく》になっているのが見える気がした。

エリナはキョウ君の視線を捉《とら》えると、その場で優雅に手を振った。まるで「私が正妻です」と周囲にアピールするかのように。

彼女はサングラスを外し、それをV《ブイ》ネックの襟口《えりぐち》にひっかけると、後ろにいた子供の手を取って引き寄せる。

「パパよ、パパって言いなさい」

エリナは子供にそう命じた。

だけど子供はあんぐりと口を開けてエリナを見ている。

そりゃそうだ。ほとんど会いもしない人間をパパとは呼びにくいだろう。

「大きい声でパパって言いなさい、そうしたらパパ来てくれるから」

「……パパ？」

「大きい声で」

そんなやり取りを聞いて、私は無性に腹が立ってきた。

この子だってもう少し大きくなれば、パパだと思っている人物が自分を子供として欲していないことを知ってしまうだろう。その時この子がどれほど傷つくか、エリナには分からないのだろうか。

キョウ君が父親の名付けたジェットという名を今も嫌がっているように、それは子供にとって一生癒《い》えることのない傷となってしまう。

認知できないキョウ君が悪いわけでもないし、キョウ君をパパと呼ぶ子供が悪いわけでもない。

ウソを教え込むエリナさんの罪だ。

「あの……エリナさん」

私はパパ、パパと連呼するエリナを止めたくて、彼女に歩み寄っていた。

エリナが私に視線を向ける。彼女の色素の薄い瞳はガラス玉のように虚《うつ》ろに見えた。

「あの……」

だけど私は何も言えない。

エリナの子供が不思議そうに私を見ている。

「ごめんなさい。プライベートなので」

サインでももらいに来たと思ったのだろう。エリナは一瞬口角を上げて作り笑いをすると、再びグラウンドに視線を戻す。

その時、エリナの子供がスッと彼女から離れ、私の横を抜けて走り出した。

アッと振り返ると何のことはない。

三メートルほど後ろにいた俊平君に、「サッカー好き？　サッカーと野球、どっちカッコいいと思う？」と話しかけている。

子供を追おうと一歩踏み出したエリナの腕を、私は夢中で掴《つか》んでいた。

「エリナさん、子供に嘘教えるの止めましょうよ」

私は子供たちに聞こえないように、エリナの耳元で囁《ささや》く。

さっきまでガラス玉みたいだった彼女の瞳がギラリと光り、私を上から下までマジマジと眺《なが》めた。

「嘘って」

「キヨ……ジェットさんから事情聞いています。私、あなたからのお電話を受け取った者です」

彼女の赤い口紅を塗った唇がぎゅっと歪《ゆが》んで、綺麗《きれい》に描かれた眉が吊り上がった。

「あなた……あなた……部外者は出てこないでよ」

「部外者でもなんでも言います。パパに拒絶されていると子供が思ったらどうするんです。こんなこじつけの嘘、誰も幸せ……」

それは一瞬の出来事だった。

パーーン!!

突然、破裂音がしたかと思うと、私の左頬に激痛が走った。

「ブスが思い上がんな!」

私に平手打ちをかましたエリナがそう言い放つ。

その言葉に、自分の中で何かがプチッと切れた。

無意識に手が動き、やられたのと同じくらいの力で平手打ちをやり返すと、パーーン！　とエリナの頬が鳴った。

そこからはもう滅茶苦茶《めちゃくちゃ》。

エリナが大きな金具の付いた高級バッグで私の頭を殴り、私は彼女を蹴った。

エリナが私の髪の毛を掴み、私は彼女の腕をつねった。

エリナのマネージャーが止めに入っても知ったこっちゃない。エリナも私もついでに彼を殴った。

そんな風にエキサイトする私たち二人の殴り合いを止めたのは、二人の子供たちだった。

エリナの子供と俊平君。二人で遊んでいたはずなのに、いつの間にか私たちの傍《そば》に来ていた。そして私とエリナの間に入ってきて、エリナの子供は母親の足に掴まり、俊平君は私の服の端を握りしめる。

「ママ痛い？　悪いことしたらダメだよ。パパに怒ってもらうよ。パパ帰ってくるよ」

「ターーミー、ダメヨー」

そんな言葉と共に、小さな体で一生懸命私たちを見上げた。

俊平君はまだ小さすぎて大人の喧嘩《けんか》に驚いただけかもしれないけれど、エリナの子供は四歳か五歳くらい。たぶん大人たちが思っている以上に、自分を取り巻く世界を理解しているのだろう。

母親の足をぎゅっと抱きながら、彼はエリナと彼女の背後にいるマネージャーを交互に見ていた。

少年の目には涙が溜まっていて、私は罪悪感でいっぱいになる。

たぶんエリナも同じ気持ちだったのだろう。「ごめんね」と少年の頭を撫《な》でた彼女の顔は、愛情に溢《あふ》れた母親のものだった。

「ママ、お姉ちゃんにもごめんねしてね」

子供に促《うなが》され、エリナは「ご……めん……なさい」と苦い言葉を吐き出すように言った。

「ごめんなさい」

私もエリナに謝る。

冷静になった私は、グラウンドやスタンド席の人たちに注目されていることに気づいた。大勢の子供たちを前に暴力騒ぎを起こしてしまったことに反省しきりの私だったが、エリナはまだ怒り収まらぬとばかりに私を睨《にら》みつけている。

付け睫毛《まつげ》が取れて彼女の顎《あご》に張り付いていた。

「あなた、ジェットに本気で相手にされていると思っていたら後で痛い目に遭《あ》うわよ。

彼は……」

「俺がなんだよ」

低く怒気《どき》を含んだ声が私の頭の上から降ってきた。

いつの間にかキョウ君が私の真後ろにいた。

「俺はこの人が本気で好きなんだよ。世界で一番守りたい人なんだ。これ以上タミちゃんを傷つけたら、俺はお前を傷つける。本気だ」

キョウ君は私の後ろにぴったりと寄り添い、私の両肩を大きな手でホールドしている。

私には彼の顔が見えない。

だけどその両手から伝わってくる熱は、発火するんじゃないかと思うほど熱かった。

エリナはアイメイクがよれ、今にも涙も零《こぼ》しそうな充血した目でキョウ君を睨みつけている。

プライドが高い彼女は、負けられないという気持ちが暴走してしまったのだと、私は切なくなった。

エリナとキョウ君が睨み合っていると、エリナの細い足にしがみついていた少年がキョウ君に向かって身を翻《ひるがえ》し、精一杯両手を伸ばしてキョウ君の大きな体を押した。

「ママいじめちゃダメ！　パパに怒ってもらうよ！」

彼は理解していたのだ。「俺はお前を傷つける」というキョウ君の言葉を。

彼はこの場にいない父親に代わって母親を守ろうと、眉毛を吊り上げてキョウ君を睨んでいた。

エリナの後ろでビクビクしていたエリナのマネージャーが、「大丈夫だよ、大丈夫だよ」と慌てて少年を宥《なだ》めに入る。

だけど、子供を巻き込んでしまった罪悪感が、私たち三人の間にどうしようもないほどの重苦しい空気を生み出していた。

そんな空気を一変させたのは、俊平君だった。

俊平君は、さっきまで仲良くしていたお兄ちゃんが悲しそうなので心配したのだろう。テケテケとまだおぼつかない早歩きで私たちの間に割って入り、キョウ君の前に立ちはだかる子供にへばりつく。

そして何を思ったのか、「チュ」と声を出してエリナの子供の頬にキスをしたのだ。

「お、とんだBLオチ」

後ろの方でえっちゃんが小さく呟《つぶや》く。

えっちゃん……俊平君は、さすがBL本をこっそり収集しているママの子供です……

小さな男の子同士のキスで、張りつめていた緊張の糸が解《ほぐ》れた。

エリナは苛立《いらだ》ちながらもどこか悲しげな様子で子供の手を取り、私たちに背中を向ける。彼女のマネージャーが慌てて落ちていたスカーフを拾って、その後を追った。

「エリナ！」

　私を後ろから抱きしめたままのキョウ君が、エリナの背中に声をかける。

「エリナ、本当に困ったことがあれば相談に乗る。だけど俺、お前と別れてから身分不相応な貯金はほとんど寄付したから金はないぞ」

「……そんな男に用はないわよ！　バカ！　……バカ‼」

　大切なことなので二度言いました的なエリナの声がグランドに響きわたる。そんな中、私はえっちゃんが呟いた一言を聞きのがさなかった。

「エリナの子供、マネージャーにそっくりじゃん」

（もう……なんかどうでもいいや……）

　エリナの姿が見えなくなると、私はとたんに力が抜けて、背後にいたキョウ君にもたれながらズルズルと崩れ落ちた。

　体のあちこちが痛い。

　私はキョウ君にお姫様抱っこをされながら、眩《まぶ》しい太陽の光に目を閉じた。

　私、頑張った。頑張ったよね。

◇

あのとんでもない日曜日から約二週間が過ぎた頃、キョウ君とエリナの離婚がスクープとして取り上げられた。

二人のどちらかが発表したわけではなく、おそらく練習場でのあの騒ぎを目撃していた多くの保護者たちから情報が漏《も》れ、マスコミに嗅《か》ぎつけられたのだろう。

エリナは各マスコミに、〝円満離婚〟という便利な言葉で記事は事実だと認めるファックスを出した。キョウ君はしばらくマスコミに追いかけられていたものの、今の自分は一般人だからと、特にコメントは出さなかった。

もちろん、エリナの子供がキョウ君の子ではないという事実は公表されてはいない。

それは家族の問題であり、知るべき人が知っていればいいことだ。

あれ以降も、私とキョウ君の関係は特に変わってはいない。

キョウ君はしばらく私の家で生活していたが、数日前に「けじめだから」と訳の分からないことを言って、自分のマンションに戻ってしまった。

すごく寂しい。

毎日訪ねてくる彼にハグとキスとエッチをしてもらっても、私は寂しい。

もうキョウ君中毒だ。

私は食べ終わった一人分の朝食を片付けて、一人分の洗濯物を干しにベランダへ向かう。

ベランダに出てみると、最近の秋晴れ続きでプランターの植物が干上がりそうになっていることに気がついた。シソなどはくったりと頭を垂《た》れている。

私はジョウロに水を入れ、植物たちに水を与えていく。

乾いた土に水が染み込んでいくのと共に、私の心も潤《うるお》ったような気持ちになってくるから不思議だ。植物たちが喜んでいるのを、心がキャッチしているからだろう。

ほとんどの植物に水をやり終えた時、私は思わず「あ！」と一人で大きな声をあげてしまった。

「花、咲いてるじゃん！　あんたやればできるコなんだよ！　すごい！　やったね！」

私は嬉しさのあまり、花に向かって話しかけていた。

蕾《つぼみ》ばかり付けて咲かなかったマリーゴールドが、一つだけ花を咲かせていたのだ。

以前、抜こうとして少し引っ張ったせいで、株は傾き無残な姿だけど、大きな大きな花を一つ咲かせている。

他のマリーゴールドよりも花弁の数が圧倒的に多く、鮮やかなオレンジ色が太陽のように立派な花だ。

夏が最盛期のマリーゴールド。季節はもう秋。他のマリーゴールドたちは花をたくさんつけて株が弱ってきているというのに、このコはなんという遅咲きだったんだろう。

今まで花を付けなかったせいで栄養たっぷりの株は丈夫で大きく、冬を越せそうなほど元気に見えた。
私が飽きもせず遅咲きのマリーゴールドをじっと眺《なが》めていたら、プーッとインター
フォンの音が聞こえてきた。
慌てて室内に戻り時計を見ると、午後二時過ぎ。
配達が来る時間だった。
「はい」
『イーグル便です。お届けものです』
「ご苦労様です」
キョウ君だ。
コン、コン、コン。
ドアが小さくノックされた。
一、二、三。
数えて私はドアを開ける。

「マカデミアナッツとストロベリー、どっちがいい？」

微笑《ほほえ》みを浮かべたキョウ君が、アイスクリームを持って玄関に入ってくる。

「今日はタミちゃんのところに配達なかったから、お土産《みやげ》持ってきた」

そう言うとキョウ君は、アイスクリームが入ったビニール袋を手渡してくれる。

「今時間あったら一緒に食べる？」

私がそう訊《き》くと、キョウ君は妙に赤い顔をして「両方タミちゃんにあげる」と言う。

その様子に違和感を感じた私は、アイスクリームのカップが二個入ったビニール袋に視線を落とした。

よくよく気をつけてみれば、それは妙に軽い。

袋ごと振ってみる。

するとカタカタと音がした。

マカデミアナッツはアイスじゃなくてナッツだけなのか？

私はその怪しさ満点のアイスクリームのカップを袋から取り出し、もう一度目の前で振ってみた。

マカデミアナッツのカップは、やっぱりカタカタ音をたてる。

（ナッツだ！　これ絶対ナッツだ！　キョウ君のイタズラ可愛すぎる。じゃあストロベリーは苺《いちご》入り!?）

私は笑いをかみ殺し、ビックリする準備をしながらカップのふたを開けた。

「え？」

何か入っているけど、間違いなくナッツじゃない。

しばしの間何なのか分からなくて、私はそれを見つめていた。

ガラス玉？　……違う。

ダイヤモンド！

息をするのも忘れて、私はもう一つのカップ、ストロベリーのふたを開ける。

もちろんそこに入っていたのは苺じゃなかった。

指輪！

「本当はダイヤの入った指輪を持ってきたかったんだ。だけど色々考えると俺はまだそこまで……タミちゃんにプロポーズできるまで、成長していないと思った。だけどタミちゃんはどんどん綺麗《きれい》になっていくし、俺も離れ離れでいるの我慢できないから……だから予約しておきたい。俺が精神的に成長して、タミちゃんに守られるんじゃなくて、守れるようになった時、その二つをくっつけてタミちゃんの指に嵌《は》めるから……タミちゃんの薬指、俺のためにあけといて」

何も考えられなかった。

空から一億の星が降り注いだように目の前が眩《まぶ》しい。

キョウ君の甘い甘いアイスクリームみたいなキスを受けながら、私は喘《あえ》ぐように彼に一つだけお願いをした。

「……私……あんまり待てないからね」

「うん……俺も……待てないかも。……もういいや。俺タミちゃんには勝てない。俺を守って……結婚してタミちゃん……愛してる……タミちゃん愛してる」

ちょっと遅れて配達された贈り物。

それはどんなに熱くても、アイスクリームのように溶けてなくなったりはしないもの。

もっと！　恋のＡＢＣお届けします

1　恋の不安はサクラ色

「ペンちゃんってジェットの彼女さんなんですか？」

ジムの更衣室。最終電車で酔っ払いを見かけるより高い確率で、私はこの質問をされる。

そして私の答えは、決まってこんな感じ。

「うん、あ……うう」

私は言葉に詰まる。イエス、オフコース！　な勢いで答えられたら気持ちいいのだろうけど、そうもいかない。

この質問をしてくるのは九十九パーセントがジェットファンだからだ。

更衣室で同性に体を隅々《すみずみ》までチェックされながら、あのイケメンの彼女だとドヤ顔で言える、そんな勇気と美貌が欲しい。

中城多美子、三十歳。自分に釣り合わないイケメン彼氏、京野ジェットとラブラブ同棲中です。

「やっぱり付き合ってるんだ！　この前ロビーで二人が話しているとこ見て、そうじゃないかなってピンときたんですよ。そっかー……仕方ないな。お似合いだもん、二人」

居心地悪くなっていた私は、お似合いと言われて目の前のサクラちゃんの顔を見た。そして一旦目を逸《そ》らし、もう一度見た。二度見。ガン見。

サクラちゃんは小さな顔についている大きな瞳を輝かせてニコニコしている。その無《む》垢《く》な瞳はチワワのようだ。

今まで何人もの人に「付き合っているんですか」と尋ねられたけれど、「お似合いだ」なんて言われたことは一度もない。

しかもこんな可愛い女の子にそんな褒《ほ》め言葉をもらった私は照れてしまい、バスタオルに包《くる》まりながら、揺れる太巻きのようにモジモジと体を揺らした。

サクラちゃんはとっても可愛い。ショートカットで背が低く、大きな瞳に大きな口の、キュートという言葉がよく似合う爽《さわ》やか女子だ。

サクラちゃんとは昼間のジムでよく一緒になって、そのうち彼女の方から声をかけてくれるようになった。昼間のジムは年配の人が多いので、若い女の子のジム友ができたのは嬉しい。

最初は私を〝ペンギンさん〟と呼び、年上へのわずかな敬意を示していた彼女も、何度か会ううちに〝ペンちゃん〟と遠慮なしに呼ぶようになった。

私もサクラちゃんに〝ペンちゃん〟なんて呼ばれてまんざらでもない。

「私、高校でフットサルしてたんですよね。それで最近また友達集めてチーム作ろうと思ってて……」

タオルで短い髪をワサワサとぬぐったサクラちゃんは、そう言うと大胆に水着を脱いでいく。私なんかはバスタオルに包《くる》まってコソコソ着替えるのに、サクラちゃんは恥じらいもなく水着を脱ぎ捨て、私の方を向きながら体をふき始めた。

「パ！」

私は思わず発した自分の一言に慌てる。

「パ……パ、パ、パンツ可愛いね！」

「ん？　……そうですかぁ？」

サクラちゃんは小さめのおっぱいを露出しながら、たった今穿《は》いたパンツを見下ろす。

グレーのシンプルなパンツだ。

（パ、パイパン!!）

見てしまった、あるべきものがないデルタ地帯。

間近で見たそれは想像以上の破壊力だった。

「パイパン気になります？」

思いっ切りバレてる！

「大学休学して一年間アメリカに留学していたんです。その時アンダーヘアのお手入れもしたんです。海外じゃ普通ですよ」

「そうなんだ……」

なんだか露出の高いファッションに顔をしかめるオバサンになった気分だ。

そんな私の気も知らず、グレーのパンツ一枚だけの姿で私に話し続ける。

「私、内腿《うちもも》にタトゥーも入れてるんですよ。小さいんで普通に足閉じてたら見えないんですけど、見ます？」

「いや、……結構です」

私のつれない返事に諦めたのか、サクラちゃんは乾いた素肌にＴシャツを着る。

ブラ着けてないし！　乳首透けてるし！　それもアメリカナイズなのか!?

「そういうわけで、ジェットに色々相談したいんで紹介して下さい。私、週末休みなんで、土日だったらいつでも空いてますから」

「え？」

「じゃあ、ペンちゃんまたね～」

そういうわけって……どういうわけなのか訳が分からないまま、私はサクラちゃんに力なく手を振っていた。

◇

キョウ君からダイヤモンドと指輪をもらって、約二か月。

現在、あのダイヤモンドと指輪は手元にない。

私が自分で描いたデザイン画と共に、オーダーメイドを請け負っているジュエリー工房へと出張中だ。

約一か月後には、毎日着けていられるシンプルな埋《う》め込みデザインの婚約指輪となって戻ってくる予定。

ジュエリー工房にその二つを持っていった時、職人さんが「この質でこの大きさのダイヤモンドは、すごく価値が高いですよ」と私に教えてくれた。

「高かったんでしょ？　無理しなくてもよかったのに」

私はジュエリー工房からの帰り道、キョウ君が運転する車の助手席で思わず言ってしまった。

下手すれば、頑張って買ってくれたキョウ君のプライドを傷つける発言だと分かっていたけれど、キョウ君が毎日イーグル便で重い荷物を運んで一生懸命貯めたお金を、私のためだけに使わせるのは気が引けた。

「タミちゃんにはエリナに買ったやつよりいいのをあげたかったんだ。大丈夫、別に無理してないよ。外貨預金してあった分の利息が増えてたから、その分で買ったんだ」

「利息って……お金、ないんじゃなかったの？　エリナさんに貯金は寄付したって言ってたじゃん」

「んー、かなり寄付したよ。でも全部じゃなくて半分くらい。残りはファイナンシャルプランナーと相談して手堅い投資に回してるから、少しずつ増えてる。エリナはあれぐらい言わないとしつこいだろ」

相変わらず可愛い顔をしながら何気ない調子で語るキョウ君を、私はマジマジと眺《なが》めていた。知らなかったキョウ君の、ちょっとズル賢い一面。

ただのイケメンマッチョではなかったのだ。

　何はともあれ、キョウ君がお金持ちであろうとなかろうと、私たちの関係が特に変わることはない。

けれど、キョウ君は私のマンションに引っ越してきて以来、当たり前のようにお給料を全額渡してくれるので、生活にはかなり余裕ができた。一馬力より二馬力だ。

「キョウ君、私、仕事の量少し減らそうと思うんだけど……どうかな？」

サッカーを終えて帰宅したキョウ君に、私はここしばらく考えていたことを相談してみた。

キョウ君は食べていたカルビ丼から口を離し、私の相談に即答する。

「そうだね。個人的にタミコ画伯のファンだから絵は止めないでほしいけど、働きすぎだと思う。もう少しゆっくりできたらいいよね」

「うん。今まで仕事を選ばず受けていたから、どうしても量産型の絵になってしまって……これからは、少しずつ細かい仕事を減らしていって、大きな仕事にじっくり取り組みたいと思ってるの」

「応援する。専属セラピストにできることがあれば言って。とりあえずセックスの回数減らさないとダメかな？」

「あ、それは減らさない方向で」

「よかった。無理だから」

私たちは思わず声を上げて笑い合う。毎日求め合ってばかりいるバカな自分たちは幸せだと思った。

キョウ君とのエッチは癒《いや》されるけれど、体力的に大変だ。

だけど今の私の仕事量では夜もしっかり仕事をこなしていかないと追いつかないので、エッチの後で体を引きずるようにして仕事場に向かうことも多々あるのだ。

エッチはしたいし、朝は早く起きてキョウ君と朝ご飯を食べたい、お弁当も作ってあげたい、ジムも行きたいし、時々サッカーも見に行きたい。

許されるならば、今の幸せをもっともっと満喫《まんきつ》したい。

大切な仕事を犠牲にしたくはないけど、生活のバランスをもっといい形にする時期に来ているのだと思う。

「お腹いっぱいになったら次はタミちゃんを食べたくなってきた。俺タミちゃんといると猿みたいに欲情する……」

キョウ君は隣に座っている私を椅子ごと自分の方へ引き寄せると、その唇で私の唇を撫《な》で始めた。

（サル……サル……サル、何かキョウ君に言うことがあったはず）

私は突如《とつじょ》〝猿〟という言葉に引っかかる。

キョウ君はそんな私にはお構いなしでスカートの中に手を入れ、太腿《ふともも》を撫でながらショーツのクロッチ部分を指で悪戯《いたずら》っぽく押してくる。

薄い生地《きじ》一枚の下にある敏感な部分を確認するように、キョウ君は慣れた手つきで下から上へ撫で上げた。

「……ぁ」

敏感な部分を擦《こす》られて、私は思わず声を出す。

その声に反応してか、キョウ君はショーツのサイドから指を入れてきて、アンダーへアーを撫《な》でた。

アンダーへアー……サル……！

「そうだ！　サクラちゃん！　フットサル！」

「は？」

私とキョウ君は顔を見合わせた。

「ジム友のサク……ぁ……サクラちゃんが、フットサぁ……あふん」

ショーツの中でキョウ君の長い指が器用に動くものだから、上手く話せない。

キョウ君は私の全てを知っている。どうすれば喜ぶのか、どうすれば啼《な》くのか、どうすれば乱れるのか。

長い指先で花芯を優しく弾《はじ》かれるたびに、私の膝は震える。

私はいつの間にか椅子に浅く座り、彼が触りやすいように足を大きく開いていた。

キョウ君は規則的に指を動かしながら、甘い尋問のごとく私に尋ねる。

「タミちゃん、何？　フットサル？」

「ん……ジム友の……あぁ、ダメ」

「止める？」

とめどなくやってくる小刻みな快感に震えながら、私は首を横に振って「止めないで」とお願いした。

キョウ君は私を焦《じ》らそうと、わざとゆっくり指を動かしている。

クチュ、クチュと指が愛液をかき混ぜる音が大きくなるほどに、私は苛立《いらだ》っていく。

指先で私の芯を弄《いじ》りながら、キョウ君が私の唇の上で言った。

「ほら、硬くなってきた……俺に見せて。タミちゃんの赤くてグジュグジュになってるここ……目の前で見たいんだ」

「意地悪……」

「そうだよ」

キョウ君は粘着質な体液に濡《ぬ》れそぼった指を引き抜くと、私の腰に手をかけて一気に体を持ち上げた。

私は人形のように軽々とキョウ君に持ち上げられ、さっきまでカルビ丼を食べていたダイニングテーブルに置かれる。

「どうしなきゃいけないか知ってるだろ、タミちゃん」

「……すごく明るいよ、ここ……」

「だからよく見える」

意地悪モードのキョウ君は、それ以上何も言ってくれなかった。

ただ私が自発的に彼の前で大きく足を開くのを待っている。

彼のギラギラとした視線に促《うなが》され、私はすでにずり落ちていたショーツを完全に脱ぐと、スカートを太腿《ふともも》までまくり上げて、ダイニングテーブルの上で足を広げた。

「もっと」

キョウ君に促《うなが》され、私はさらに足を広げる。

よくできました、と言うように彼はねっとりと甘いキスをくれると、視線を再び大きく開かれた秘部へと移した。

「いやらしい眺《なが》めだな。濡《ぬ》れてヒクヒクしてる。早くイきたいんだ？」

私が頷《うなず》くのを確認すると、キョウ君が微笑《ほほえ》む。どこか苦しそうにも見える彼の笑顔はとてもエロティックだ。

「手で広げて。タミちゃんの好きなことをしてあげるから」

私は言われるがまま両手で恥丘《ちきゅう》を広げ、親指でクリトリスの包皮を持ち上げると敏感な部分を露出させた。これから起こることを想像しただけで、体が熱くなっていくのが分かる。

彼はそんな私をじろじろと時間をかけて眺め、たっぷりと焦《じ》らしてから、その部分に口をつけた。

「あ！　……ぁぁぁ」

いきなり敏感な部分の根元をグリグリと舌で捏《こ》ねられて、私は思わず背中を反《そ》らした。

すると私の腿の間にあるキョウ君の顔にそれを突きつけるような体勢になってしまう。

彼はそのまま私の腰を抱え込むと、さらに強く速く舌を動かす。

「あぁ！　……あぁ……やっ！　……」

私は片手で口を押さえながら、止まらない喘《あえ》ぎを堪《こら》えようと試みた。

キョウ君はしょっちゅう口でこうしてくれる。その度に私の感じるやり方を学んでいくらしく、彼から与えられる快感はいつも前回を上回っていた。

ピチャ、ピチャ……と音をたててクリトリスを丹念に舐《な》め回すと、舌を膣《ちつ》の中に挿《さ》し入れ、溢《あふ》れる蜜を舐め取る。

「キョウくぅ……ん……ダメぇ……」

膣から舌が離れたと思ったら、今度は指が入ってきた。キョウ君は二本の指で膣の内側をクニ、クニ、と押しながら、再びクリトリスを尖《とが》らせた舌で弾《はじ》く。

「や、あ、あ……イくぅ……キョウ……くん」

子宮が収縮し始めて、私は思わずキョウ君の頭を太腿で挟み込む。

体の芯を快感の波が何度も走り抜けて、私は体を震わせながらあっという間にイってしまった。

「タミちゃんイくの早すぎ！　マジ、エロい！」

顔を上げたキョウ君が嬉しそうに言った。

さっきまでの意地悪モードは終了して、彼は子犬のように無邪気に笑っている。

テクニックを駆使《くし》してイかせたのはキョウ君なのに、私がエロいということになっているのは納得がいかないが、放心中の私は反論するのもおっくうだった。

ただ本能で、早く挿《い》れてほしいと思うばかりだった。

不思議だけど、クリでイかされた後はいつも膣《ちつ》が寂しく感じる。あるべきモノがないような感覚で、キョウ君が欲しくてたまらない。

「挿れて……」

「ここでいい？」

「ベッドがいい」

「オッケー、じゃあ背面側位《はいめんそくい》！」

私はキョウ君にベッドまで抱っこしてもらいながら〝ハイメンソクイ〟が何の妖怪かと恐れていたのだが、ほどなくしてそれが妖怪ではないことを知るのだった。

◇

朝六時三十分。

毎朝キョウ君は私より早く起きてシャワーを浴び、簡単に身支度を整えると三つの目玉焼きを慎重に焼く。

毎日の朝ご飯はキョウ君の担当だ。

トースターからパンの焼ける香ばしい匂いが漂《ただよ》い出す頃、私は起きてコーヒーを淹《い》れる。

芸術的な出来栄《できば》えの目玉焼きのうち、二つはキョウ君、一つは私。

私たちは半熟のそれをトーストの上にのせ、濃いめに淹れたコーヒーと共に朝食を済ませる。

慌《あわ》ただしいけれど、体力仕事のキョウ君は朝食をきっちりとるのが習慣だった。

「じゃあ行ってきます」

キョウ君はそう言って玄関で笑う。

昨晩、「背面側位とスローセックスは相性が良いらしいよ」と言い出し、ガンガン突いては寸止め、ガンガン突いては寸止めという、全面的に間違ったスローセックスを披《ひ》露《ろう》した男とは思えない爽《さわ》やかさだ。

私の両頬にチュ、チュとキスをして、玄関を出ようとしたキョウ君は、突然足を止めて振り返った。

「そうそう、タミちゃんのジム友、土曜日の夜ジムに来てくれたらフットサルの相談乗るって伝えといて」

「あ、うん……」

「行ってきます」

「行ってらっしゃい」

キョウ君の姿が見えなくなってから、私はこっそりとため息を吐《つ》いた。

サクラちゃん……サバサバしていていい子なんだけど、可愛くて大胆なジェットファンというだけで、キョウ君には近寄らせたくない気分。

（そんな心の狭いこと考えてたんじゃ束縛と同じだよね……一緒に住んで結婚の話も進んでるんだから、もっと余裕のある女にならないと）

私は鏡に映る自分に言い聞かせるが、そこに映っている自分があまりにも冴えないのでどうにも説得力がない。

ジムに通い出してから体重が明らかに落ち、私は前よりもお洒落《しゃれ》をするのが楽しくなった。

それでも地味な顔立ちや短い足は変えようがない。

キョウ君は、私がすっぴんでも化粧をしていても「可愛い、可愛い」を連発してくれるが、それはエリナショックによる反動だと私は分析している。あんな美人に酷《ひど》い目に遭わされたなら、正反対の女を求めたくもなるだろう。

キョウ君には私が可愛く見えたとしても、世間はそう思わない。

私が彼に釣り合っていないことは十分承知していた。

（とりあえず化粧しよ。それで自分はいい女だと自己暗示でもかけてみよう）

私はそう決めると、洗顔して化粧水と乳液を染み込ませ、化粧下地を丁寧に塗っていく。

今日は出版社の担当さんとの打ち合わせがあるのだ。

化粧をして、髪を軽く巻いて、ほんの少し短めのスカートにロングブーツを合わせて街を歩こう。

どこぞのハリウッド女優みたいにお尻を振って歩いて、ナンパやスカウトをゲットしてやる！

◇

「まぁ、ハリウッド女優には程遠いけど、中城さん綺麗《きれい》になりましたよ」

榊山《さかきやま》さんはそう言って、下がり眉毛をさらに下げた。

大手出版社の林五社《りんごしゃ》。その目の前にある純喫茶は出版関係者の御用達《ごようたし》だ。

以前からお世話になっている担当の榊山さんに、『ここに来るまで女優風に歩いてみたらポケットティッシュとシャンプーの試供品をもらった』という話をしたら、思いがけず褒《ほ》められてしまった。

たとえ社交辞令《しゃこうじれい》でも、相手が既婚者で子供が三人いて額《ひたい》が後退している四十五歳の本格的オヤジでも、男性に褒《ほ》められると気持ちがいい。

榊山さんはマイナーな仕事ばかりしていた私を見出《みいだ》して、初めて大きな仕事をくれた大恩人。

その仕事が業界で話題になって、私は他の大手出版社の仕事ももらえるようになったのだ。出版関係のデザイン会社にも顔が利《き》く榊山さんは、私にとって一番頼りにできる仕事のアドバイザーでもある。

「中城さん、彼氏できたんでしょう?」

榊山さんの質問に、私はデヘヘへと鼻の下が伸びそうになるのを堪《こら》え、上品な微笑《ほほえ》みで軽く頷《うなず》いてみせる。今日はイイ女風ファッションなのでイイ女風な仕草。

でも私と付き合いの長い榊山さんは、残念ながら私の中身が逞《たくま》しすぎる妄想女であることを知っている。

「それで……あの、どう思います?」

私は顔を引き締めて、榊山さんに意見を訊《き》いた。

今日は榊山さんに呼び出されての打ち合わせだったけれど、私もちょうど相談したかったのだ。

「僕は賛成です。特に最近の中城作品は、エロティックだけど面白い色使いで芸術性が高い。作品を安売りする必要はないですよ。仕事を厳選《げんせん》しなさい。僕からは中城さんのキャリアに繋がるいい仕事をオファーしますから。ダメだったらまた細かい仕事を受ければいいじゃないですか」

「……そうですね……ありがとうございます！」

仕事を断るということをいつも恐れていた私。

榊山さんに言われて、大きな仕事で評価されなかったらまた新人のように頭を下げて細かい仕事を受ければいいのだと、当たり前のことに気がついた。

漠然と感じていた不安が消えていく。

「じゃあ中城さん、早速ですけど素晴らしいキャリアに繋がる仕事のオファーです。いや、オファーというよりその前の段階かな」

「榊山さんのお仕事はどんなに小さくても絶対断りませんよ」

私はその後退した額がセクシーに見えてくるほど、心の中で彼に感謝していた。

「……でもあまり期待はしないで下さい。まだ中城さんで決まったわけではないんです。ハードカバーの装丁画《そうていが》なんですが、作家先生が割とデザインや挿絵《さしえ》に口を出してくるタイプでね……編集者を通さず直接イラストレーターと連絡を取り合ったりするんですよ。もしご本人に気に入られなければ、このお話はなしです。そこで一度先生と面談していただけませんか？」

「あ、はい。もちろん」

「では、僕の方から西園寺《さいおんじ》先生に連絡しておきます」

(西園寺ってまさかあの西園寺三樹男《みきお》?)

声には出さなかったが、西園寺という名に食いついたような表情をしてしまったのだろう。榊山さんは不敵な微笑を浮かべて頷《うなず》いた。

「あの西園寺三樹男先生です」

◇

西園寺三樹男。

現代の文豪と呼ばれ、書いた作品は競うようにドラマ化、映画化されている超人気作家。

ミステリーを主に書いているけれど、最近は恋愛モノや歴史モノも手掛けるという才能の塊《かたまり》だ。

「西園寺先生の新作は、SMをテーマにした過激な性表現のある作品なんですよ。彼は今までこういう作品を書いてこなかった。だから連載中からすごく話題になっていて、出版されればミリオンセラー間違いなしだと言われています。西園寺先生が中城さんを気に入れば、あなたの絵が日本中の本棚に並ぶんです」

　私はお風呂に身を沈めながら、榊山さんの言葉を思い出す。

　仕事を厳選《げんせん》していくと決めた瞬間から、いきなりものすごいプレッシャー……

　ブーツで歩き回ったせいで浮腫《むく》んだ足をお湯の中で揉《も》みながら、私は頭を空っぽにしようと目を閉じた。

　小説の原稿もなければ先生の要望も分からない今、プレッシャーを感じてても仕方がない。

　静寂の中で目を閉じると、水が跳ねるチャプンという音に交じってお隣さんの笑い声や映画の効果音が途切れがちに聞こえてきた。

　うるさいほどではない。だけど間違いなく聞こえる。ということは、向こうも聞こえるということだ。

（喘《あえ》ぎ声……気をつけなきゃ）

　別に苦情が来たわけでもないけれど、ここはファミリー向けマンションである。

　ましてやキョウ君は数か月前の離婚騒ぎでマスコミを賑《にぎ》わせたばかりだから、ご近所さんの目に注意しなければならない。

　私がそう思っている時に、玄関のドアがガチャッと開いて、「ただいまぁ」という声がお風呂場まで聞こえてきた。

仕事とサッカーを終えて帰宅したキョウ君だ。

私を探してキョウ君が部屋中を歩き回る音が聞こえ、しばらくするとお風呂場のドアが開いてひょっこり彼が顔を出した。

「お帰り」

湯船に浸《つ》かったままキョウ君を迎える。その直後、お風呂場に入ってきた彼は全裸だった。

入る気満々。お風呂と私に。

「お風呂場ではダメだよ。声響くんだから」

「え、マジで……今日はシャワーで色々苛《いじ》めてみようと思ったのに。ここだったらタミちゃん濡《ぬ》れまくっても気にならないし、なんなら……」

「分かった！　分かったけどダメなものはダメ！」

「でも強いシャワーであそこをグリグリしたら気持ちいい……」

「ダー！　声響くんだから大きな声でそういうこと言わない！」

私に怒鳴りつけられると、キョウ君はわざとらしくしょぼんとした。

私は浴槽から上がってそんなキョウ君を洗い場に導いた。

「じゃあ体洗ってあげるから」

「そんなの代わりにならない！」

私の提案に拗《す》ねたフリをしながらも、キョウ君はバスチェアーに腰掛け、泡立てたスポンジで素直に体を洗われる。

筋肉に包まれた彼の体は硬いのに滑《なめ》らかで、まるで大理石でできた像を洗っているようだった。

だけど温かく弾力があるそれは大理石よりも魅力的だ。

私は彼の背中をスポンジで強めに擦《こす》るうちに、自分の中に湧き上がってきた欲望に気がついた。

彼の体にもっともっと触れたい。私のものであるこの体に、烙印《らくいん》を押すように触れて、隅々《すみずみ》まで確かめたい。

「次、前ね」

私はキョウ君の前に回り込んで、彼の盛り上がった大胸筋《だいきょうきん》から割れた腹筋にスポンジを滑らせていく。

石鹸《せっけん》を手のひらにのせてたっぷり泡立たせた私は、彼の足の間に手を入れた。

「……あの……タミちゃん？」

「キョウ君のここは筋肉でできてるみたいだね」

「あ……そういうこと……するから」

キョウ君の大きくなったアレにたっぷり泡を纏《まと》わりつかせ、両手で包み込む。

ほんの少し力を入れて上下に擦《こす》ると、キョウ君が傷ついた獣《けもの》のような呻《うめ》き声を上げた。

「タミちゃん……さっきダメだって言ったのに……」

「キョウ君は、だ〜め」

自分の小さな動き一つで、彼が切なげな声を出すのがなんだか嬉しい。

私は自分の動きでどこまで彼をコントロールできるのか、サディスティックな欲望を覚える。

お湯で泡を洗い流し、その逞《たくま》しい姿が全て剥《む》き出しになると、私はキョウ君のそこにキスをして、そのまま口に含む。

「アゥ……タミちゃん……」

私は口いっぱいになったソレを吸い上げながら、不器用に舌を絡ませた。

慣れているわけではないので、彼に快感を与えてあげられるか不安だった。

だけどこうしてあげたい。キョウ君はいつもこうして私を気持ちよくしてくれる。

こっそり上目遣いでキョウ君の反応を見ると、保存しておきたいようなセクシーな顔をしていた。

キョウ君の上気した喘《あえ》ぎ顔はとってもセクシーだ。私はそれだけで自分の中が潤《うるお》っていくのを感じた。

唇とソコが擦れ合う音がバスルームに響き、彼の望みのままに私は速度を上げていく。

キョウ君の息が荒い。もうすぐなのだろう。でももう少しキョウ君のこの可愛い顔を見ていたい。

私は一度止まってから、今度はかなりゆっくりとした動きで彼を刺激した。

「タミ……ちゃん……」

「……ん？」

「お願い……お願いします。イキたい……」

キョウ君のその切望に、私はゾクゾクと体の芯を震わせる。

男を支配する感覚はたまらなくエロティックだ。

私は再び速度を速めて彼をクライマックスに導く。

キュンキュンと子犬のように切なげな吐息がキョウ君の喉《のど》から漏《も》れ、彼は私の肩をぎゅっと掴《つか》んだ。

「くっ！」

私の口の中に温かくとろみのある液体が流れ込む。

その白濁した液体は私の口から溢《あふ》れ出し、お風呂場のタイルの上に零《こぼ》れた。

◇

「足を滑らせて転んで、たんこぶできた」

『マジ！　超ウケるんだけどぉ』

電話の向こうからギャハハハと遠慮のない大笑い。さらに遠くからキャハハと可愛い笑い声。

えっちゃんに先日のお風呂場での事件を報告したら、予想通りの反応だった。

お笑い芸人ではないけれど、笑い声を嬉しく感じるのは、生きているという実感か。

あの夜、バスルームでキョウ君を絶頂に導き、エッチな女王様気分で立ち上がった私は、足を滑らせて派手に転んだ。ちなみにその原因はタイルの上に零《こぼ》れたアレだ。

キョウ君は「タミちゃんがふらつくほど頑張らせてしまった」とか「自分のが多すぎたせいだ」とか責任を感じたらしく、その晩は至れり尽くせりで看病してくれた。でも巨大なたんこぶはどうにもならない。

慣れぬことはするべからず、という神の啓示《けいじ》なのだろうか。いや、行為自体は成功だったし、楽しかったのでまたぜひチャレンジしたい。

『まぁ良かったじゃん、結婚前に死ななくて。それで結婚式の準備は進んでるの？　あれってすごく手間がかかるんだよ』

電話の向こうから聞こえた結婚という単語に、私は一気に現実に引き戻された。

「結婚式！　そんな話出てないよぉ……一応キョウ君が夏休み取れたら、私とキョウ君の親にそれぞれ挨拶《あいさつ》しに行こうって話はしてるけど」

『夏って……だいぶ先だね。今十一月じゃん』

「うん、二人とも雪国出身だから、冬は帰ると大変なの。せっかくだったら観光とかしたい」

『タミー……ンチー！』

『タミはウンチじゃないよ。似てるけど』

『ウンチー！』

『はいはい。俊がウンチしたから切るね』

「うん、じゃあね～」

電話を切って、さぁ晩ご飯の支度でもするかとふとカレンダーに目をやった私はハッとした。

今日は土曜日じゃん!!

ここ最近、私たちは一緒にジムに行っていない。本当は一緒に行きたいけれど、私が仕事に追われて行けないことが多いのだ。

だけど今日はたぶんサクラちゃんがキョウ君と会うはず。

私は一昨日《おととい》ジムで彼女に会った時「土曜の夜」って伝えていた。

(二人を見張るとかそういうのではないけれど……気になる!)

時計を見ると、すでに夜の七時になろうとしている。

私は慌てて家を飛び出しエレベーターに乗ると、一階のジムに向かった。


ジムの受付をいつものように笑顔で通り過ぎたものの、私にはいつもの余裕なんてない。

焦って家を出てきたせいで水着もジムウェアも持ってきておらず、普段着でジム中に視線を走らせる私はさながら万引きGメン。怪しさ抜群である。

こそこそと人目を避けながら移動し、(キョウ君のハートは誰にも盗ませない!)なんて下らないことを考えていた私の視界に、キョウ君とサクラちゃんの姿が飛び込んできた。

筋トレルームの外にある自販機前のベンチで、二人は並んで座っていた。

キョウ君はTシャツにジャージというといつものジムウェアだけど、サクラちゃんは水着にパーカーを羽織っただけ。

ジャージの下にこっそり水着を着ている人は多いけれど、プールエリア以外で水着姿でいる人はまずいない。さすがアメリカ帰り。

私は柱の陰に身を隠して、楽しそうに話し込む二人を見守る。

恋の万引きＧメン監視開始。

私に背中を向けているキョウ君の表情は分からない。けれど時折聞こえてくる彼の大きな笑い声から、話が盛り上がっているのはよく分かった。

サクラちゃんも頬を染め、キョウ君に何やら一生懸命語りかけている。

小さくてはっきり聞こえないサクラちゃんの声に対し、「マジで！」「ヤッバ、俺興奮《こうふん》してきた！」「めっちゃ興味ある！」と反応するキョウ君の興奮気味な声が時折廊下にこだました。

もう、なんだか疎外感《そがいかん》百パーセント。

（キョウ君と私は一緒に住んでいるんだし……カップルだし……プロポーズされているし）

と自分を励ましていたら、サクラちゃんの手がさり気なくキョウ君の腕に触れた。

キャ、キャ、と笑いながら、彼女はキョウ君へのボディータッチを繰り返す。

（こういうの雑誌で読んだことある……〝気になる男性へさり気ないボディータッチで、好意をアピール〟っていう技じゃないの⁉）

恋の万引きＧメンのくせに、なんだか見ていられなくなって部屋に帰ろうとした時だった。

サクラちゃんがいきなり自分の片足をベンチに上げ、大きく股《また》を広げたのだ。

そしてキョウ君は、サクラちゃんの太腿《ふともも》に食いつかんばかりにしてその内側を覗《のぞ》き込む。

たぶんこの時の私の顔は、ムンクの『叫び』そっくりだったはず。

サクラちゃんが内腿《うちもも》に入れたというタトゥーを、キョウ君に披露《ひろう》していることは察しがついた。

でも普通するか!?　股広げるか!?　キョウ君も覗き込むなーー!!

しかも薄い生地《きじ》の向こう側はツルツルだし。いや、処理済だからこそできるのか……

私は背中に百本の矢を受けた戦国武将のような気分で、フラフラと敵地を去った。

２　サボテンの蜜は甘く酔わせる

この日、私は初めてキョウ君の夜のお誘いを断った。

キョウ君は浮気をしたわけではないし、サクラちゃんだってジェットファンだから、話せて嬉しかったんだろう。

冷静に考えてみれば、嫉妬《しっと》とかするレベルではないのかもしれない。

でも、サクラちゃんの内腿を覗き込むキョウ君の姿が、頭にこびりついて離れなかった。

男の人だったら、女性にあんなことされたらつい欲情してしまうのではないか？

そんな風にして生まれた欲望を、私で解消してほしくなかった。

いや、だからといってサクラちゃんで解消されたらもっと困るわけだけど……

「仕事が山積みなの」

私はそう言って、寂しそうなキョウ君を寝室に押しやると、一人仕事部屋に向かった。

でも今晩は仕事部屋で絵を描くわけではない。

こんなモヤモヤした気持ちで筆を取っても、納得のいく作品にはならないだろう。

私は今日届いたばかりの荷物を開ける。
キョウ君が配達してくれたイーグル便の荷物は、ずしりと重い。
取り出すと『社外秘』と赤くプリントされた小説の原稿が現れた。
『カクタス』　西園寺三樹男
真っ白な一ページ目に書かれた表題。超人気作家の新作。
二ページ目をめくった私は、その瞬間から時間を忘れた。

気がつくと夜が白み始め、鳥の鳴き声が新しい一日の始まりを告《つ》げていた。

十一月の肌寒い早朝にもかかわらず、原稿を握りしめた私の手はうっすらと汗をかいている。

発売時は上下巻構成になる予定の長編小説。私は約五時間かけて三分の二ほどを読み終えた。

すごい迫力。読んでいる間、私は何度も大きく響く自分の鼓動《こどう》を聞いた。

『カクタス』は、十八歳の少女と四十歳の男性とのラブストーリー。

ラブストーリーと呼ぶには、危険で濃密で淫猥《いんわい》すぎる。

だけどそれは間違いなく、純度の高い氷のように、儚《はかな》く美しいラブストーリーだった。

物語の中で、平凡な中年男性は自分の娘ほども若い少女に調教されていく。

少女は中年男性を痛めつけることで愛を示し、男性は苦痛に耐えることで愛を示す。少女が愛を囁《ささや》きながら、男性の太腿《ふともも》を何度も噛《か》み、血のにじむ少女の歯形を会社のトイレで見た男が、愛おしさで涙しながらマスターベーションするシーンなんかは、読んでいて圧倒された。

ＳＭシーンは目を背《そむ》けたくなるほど残酷だが、文章はあくまでも簡潔で美しい。そこには少女と中年男性の深い愛があった。

読めば読むほどラストが気になってしかたがなかったけれど、五時間ぶっ通しでＳＭ小説を読んでいたら、さすがに集中力が切れ始めた。

こんなすごい小説は、しっかりと冴えた頭で読まないと失礼だ。そう思い、私はやっと原稿から目を離すことができたのだ。

(こんな大作に、私が関わることができるのだろうか)

『カクタス』の世界から離れた瞬間、私の心に冷たい空気が流れ込んだ。

自分が挑もうとしている仕事は、分不相応のものではないのかと思えてきたのだ。

一度そのことに気がついたら、その考えは刃となって私を苛《さいな》んだ。

怖い。自分の限界を知ってしまうのが。

今まで通りムック本の挿絵《さしえ》や成人雑誌の仕事をしていれば、自分の実力を認めてくれる世界で生きていける。

自分が井の中の蛙《かわず》なのは自覚していた。

私は『カクタス』という表題の下に書かれた、西園寺三樹男という文字に視線を止める。

このすごい小説を生み出す人物に会うのが怖い、と私は思った。

陰鬱《いんうつ》とした気持ちを抱えたまま、朝の六時過ぎにベッドに戻ると、まだ半分寝ているキョウ君に抱きしめられた。

「タミちゃんいないと寂しい……ムニムニさせて……」

私は抱き枕のように羽交《はが》い締めにされ、お尻をムニムニされる。

今日は日曜日なので、サッカー教室はあるもののそれほど早起きをしなくていいキョウ君は、まだ夢うつつだ。

「……西園寺三樹男って知ってる？」

キョウ君の腕の中に収まりながら尋ねると、彼は「有名な作家さんだよね」と答えた。

「彼の新作原稿を読んでいたの。……装丁《そうてい》イラストを描かせてもらえるかもしれなくて……」

「すごいじゃん！」

夢うつつだったはずのキョウ君が体を起こし、私に満面の笑みを向ける。

期待いっぱいのその笑顔が、今は心に重い。

余程《よほど》微妙な表情をしていたのか、キョウ君は心配そうに私の顔を覗《のぞ》き込む。

「浮かない顔してるね、タミちゃん」

「……今までにない大きな仕事だから……ちょっとね」

「プレッシャー」

「……かな？」

私が小さくため息を吐き出すと、彼は子供を慰《なぐさ》める時のように私の頭を撫《な》でてくれる。まだそこにたんこぶが残っていないか、律儀にも指で確認をしてから、キョウ君は穏やかな声で話し始めた。

「俺、プロでサッカーやっていた頃は、プレッシャーの連続だった。自分が安くない商品だから、買ってもらった以上はその金額に見合う成績を残さなきゃいけない。ワールドカップの時期は日本国民全てが俺の一挙一動に注目している感じがした。飯食ったり、寝たりしている時でさえ、誰かに見られている気がするんだ。でもピッチに立ってボールを追いかけ始めると、そういうことは忘れられた……タミちゃんの仕事はサッカーとは全然違うけど、きっと描き始めると、そういう雑音はなくなるんじゃないかな」

キョウ君がそう励ましてくれるのを聞いて、私は自分の隣にいる人が凄《すさ》まじいプレッシャーと戦ってきた人だったことに改めて気がついた。

キョウ君は私の前では子供っぽかったり、甘えたがりだったりする。

でも一般の人が体験する、何十倍、何百倍ものプレッシャーを、彼は二十代前半で経験してきたのだ。

「タミちゃん、いいことを教えてあげようか」

キョウ君は指で私の髪を弄《もてあそ》びながら、そう言葉を続けた。

「俺はプレッシャーで潰《つぶ》れた。頑張らなきゃって思って頑張りすぎたんだ。でも今は楽しくサッカーをして、タミちゃんが隣にいるから幸せだよ。人生に失敗はないんだ」

人生に失敗はない。

キョウ君の言葉が、冷たくなっていた私の心を温めてくれる。

そうだ、キョウ君がいてくれる限り、私は大丈夫。

いつも仕事部屋で一人っきり、自分だけが頼りだと思いながらも、自分の判断に自信がなくて怖かった。

だけど大丈夫。私にはキョウ君がいる。

私は目を閉じて、頭を撫《な》でてくれるキョウ君の手を心地よく感じながら、眠りに落ちていった。

短いけれど深い眠りだった。

夢も見ずにどっぷり眠った後、意識の遠くの方で目玉焼きの匂いを感じ取った私は、「タミちゃん」と慣れ親しんだ声に起こされて目を覚ました。

「タミちゃん、俺行くから。帰ってくるの六時前くらいだと思う」

「ん……行ってらっしゃい」

サッカー教室に出かける準備を終えたキョウ君がベッドサイドに来て、行ってきますのキスをくれる。

私はうとうととしたまま、ベッドの中で彼の唇を受け止めた。

だけどキョウ君の次の言葉で、私は一気に目を覚ました。

「あ、サクラのフットサルチームについて来週相談に乗ることになったから、ここに呼ぼうと思うんだけどいいかな？」

「え！」

キスを受けたばかりの唇が思わずひん曲がる。

「ここに呼ぶって……サクラちゃん、家に来るの？」

「ダメだったら外で会うよ。来週の土曜、俺の仕事が終わってからの予定なんだけど」

（いや、外で二人で会う方が嫌かも……）

私の脳裏に、水着姿で足を広げたサクラちゃんの姿が蘇《よみがえ》った。

私とキョウ君のプライベート空間に誰かが入ってくることには抵抗があるけれど、それならば私もさり気なく同席できるだろう。

「家に呼んでいいよ……」

「オッケー、じゃあサクラにメールしておく」

私は軽快な足取りでサッカーに行くキョウ君の背中を、ベッドルームから呆然と見送った。

（サクラって呼ぶんだ……メアド交換したんだ……）

そんな些末《さまつ》なことが、針でも呑み込んだかのように私の体の中をチクチクと刺した。

三十歳にもなって、私には恋愛経験が二回しかない。

一つはキョウ君。もう一つは大学時代の先輩。

大学時代の酷《ひど》い失恋はキョウ君といれば忘れられるけど、ふとした瞬間に思い出してしまう。

そして、愛を語る男を信用していいのかと、本能が私に尋ねるのだ。

私はキョウ君を愛している。愛しすぎている。

だから信用できるとか、できないとかそういう次元の話ではない。

この恋の結末がどうなろうと、私はキョウ君と一緒にいるとずっと前から決めている。

だけど本能はそうじゃない。いつだって傷つくのを怖がっていた。

目を閉じて浅い眠りに入ると、『カクタス』のワンシーンが夢に現れた。

ヒロインの少女が恋人である中年男性の目の前で、見知らぬ若者に激しく抱かれている。

（『カクタス』のワンシーンだ、夢に見ているんだ）

夢の中でそう思いながら、私は少女と若者のセックスを見ていた。

そして気がつけば少女の姿はサクラちゃんに変わり、若者はキョウ君に変わっていた。

◇

寝覚めの悪い夢から覚めた後、私は迎え酒をあおるように『カクタス』の残りを読み、それから溜まっていた仕事を始めた。

仕事を減らすと決めても、今持っている仕事が突然なくなるわけではない。

連載コラムの挿絵《さしえ》など、何年にもわたって続けている仕事もあった。

それに加え、西園寺先生とのミーティングに備えて、ポートフォリオを作成しなくてはならない。

ポートフォリオとは、クリエイターが名刺代わりに使う自分の作品集のことだが、口コミで仕事を得られるようになってからは、わざわざそういうものを作って営業することもなくなっていた。だから新しく作成する必要があるのだ。

仕事に忙殺《ぼうさつ》され、気がつくと夕方になっていた。

今日は家事も一切できず、晩ご飯を作る時間もなくなってしまった。私はキョウ君に電話をしてお弁当を買ってきてもらう。

「ゴメンね」

お弁当を二つ持ってサッカーから帰ってきたキョウ君に謝ると、ワッサワッサと激しく頭を撫《な》でられた。

「俺こそ家空けてばっかでゴメン。もうちょっと家事手伝わないとな」

「ううん……もう少ししたら仕事も落ち着くから大丈夫。私、後でお弁当食べるから、仕事場戻るね」

「オッケー、頑張って」

キョウ君はサッカーで汚れたユニフォームを脱ぎながらお風呂場に向かう。

そんな彼の筋肉で盛り上がった背中を、私は無意識のうちに抱きしめていた。

「え？　……一緒に入る？」

「ううん、ハグハグしたかっただけだから」

「あ、ハグハグ足りなかった？　ごめん」

ギュッとキョウ君に抱きしめてもらいながら、私は土と太陽の匂いがする彼の腕の中で、思い切り息を吸い込む。

私のお気に入りの匂い。大好きな匂い。

「うん、これでだいぶ元気出た！」

「チュウしたら、もっと元気になるよ」

そう言ってキョウ君は、優しいキスをくれた。

キョウ君のエッチなキスも大好きだけど、毎日何度もしてくれる優しいキスも大好き。

体はこんなに筋肉質なのに、彼の薄い唇は赤ちゃんの肌みたいに柔《やわ》らかい。

（大好きだよ）

疼《うず》く不安を締め出すようにキョウ君を思う存分抱きしめ、私はなんとなく口に出しづらいその想いを彼に伝えようとしていた。

キョウ君のキスのおかげなのか、その夜の仕事はイイ感じで進んだ。

キョウ君が夜の十一時頃に仕事部屋に「おやすみ」を言いに来てくれてから、深夜三時まで休まずぶっ通しで作業した。そして一区切りついたところで、仕事部屋の明かりを消し、腰を擦《さす》りながらベッドに向かう。

仕事に集中しすぎると、ずっと同じ体勢になるので腰がやられる。

寝室に入ると、闇の中で眠るキョウ君の寝息が聞こえた。

目が慣れてくるにつれ、いつも通り布団に包《くる》まって寝ているキョウ君が見えてくる。

彼の足が布団から飛び出している。私は布団をちゃんと掛けてあげようと手を伸ばしたが、思い直してこっそり布団をはぎ取ってしまった。

そうして小さな読書灯を点《つ》ける。

布団の下から現れたのは、パンツ一枚のキョウ君の寝姿。

もう十一月だというのに、キョウ君は薄着だ。本人が言うには、新陳代謝《しんちんたいしゃ》がよすぎて汗っかきらしい。

布団を失ってさすがに寒いのか、彼はちょっと体をモゾモゾ動かしたが、まだ寝息をたてている。

私はキョウ君の裸を見慣れることはない。

鋼鉄のごとく張った筋肉が体中に張り付き、その上を浅黒く光る皮膚が覆《おお》っている。

岩で作ったようにゴツゴツした足には大きな傷跡が二つと、ほぼ毎日つけてくる無数の擦《す》り傷。

荒々しい彼の体は、どんなに優れた芸術品にも負けない、至高の作品に見える。

愛おしい、愛おしい人。

私だけのもの。

私は服を脱ぐと、その体の上にそっと跨《また》がった。

私はキョウ君を起こさないように、優しく彼の体に口づけをしていく。

首筋、肩、胸、おなか、おへそ。

唇で感じるキョウ君の体は、見た目以上に弾力性があり、しなやかだ。

キョウ君の肌は、よく使い込んだなめし革のように私の肌にしっとりと馴染《なじ》む。

パンツの隙間からキョウ君のまだ眠っているモノをそっと取り出し、舌の先端でほんの少し舐《な》める。

キョウ君の腹筋が一瞬ギュッと引き締まる。私が顔を上げると、薄明かりの中でギラつく彼の瞳と出会った。

「お邪魔しています」と私。

「ご遠慮なくどうぞ」とキョウ君。

許可をいただいたので彼のパンツをはぎ取り、みるみるうちに膨張していくそれを喉《のど》の奥まで呑み込む。

「くっ……ぁは……」

痛みを堪《こら》えるように、キョウ君の顔が歪《ゆが》む。だけどそれが痛みではないことを知っている私は、キョウ君のモノを吸い上げ、さらに奥まで咥《くわ》え込んだ。

突き出した舌で根元を舐め上げ、出っ張りの部分を唾液《だえき》で濡《ぬ》れた唇で小刻みに摩擦《まさつ》する。

太く浮き上がった血管を舌先でなぞり、先端から漏《も》れる透明の液体を啜《すす》った。

たっぷり感じさせて、ちょっと焦《じ》らして……私の動きに翻弄《ほんろう》されるキョウ君の姿は、私を興奮《こうふん》させる。

夜の静寂の中に、「ハッ……ハッ……ハッ……」と獣《けもの》のようなキョウ君の呼吸音が響く。

盛り上がった大胸筋《だいきょうきん》の上に光る汗が垂《た》れ落ち、割れた腹筋の溝に流れていった。

私は口を離して体の位置を変えると、反《そ》り立つそれを自分の中に招き入れる。

キョウ君の雄が私を押し広げ、体の芯を貫き、支配していく。

「あぁあん……ぅ……」

クチュ、クチュ、と私たちの性器が立てる音を聞きながら、私はキョウ君の上で体を上下に揺らした。

鉄のように硬いモノに膣壁《ちつへき》を擦《す》りつけ、私は二人が繋がっている事実を体に刻み込む。

「タ……タミちゃんっ……ゴム！」

突然キョウ君が私の腰を掴《つか》み、がっしりとホールドして私の動きを止めた。

「いらない……このままちょうだい……中で出して」

「タミちゃん……」

キョウ君は手の力を緩《ゆる》めた。

だけどそれは一瞬のこと。彼は一気に力を込めると、腕の力だけで私を持ち上げ、体を離してしまう。

「けじめだから」

そう言ってキョウ君は、ベッドサイドの引出しからコンドームを取り出す。

「私、キョウ君と生でしたい……中で出してほしい……」

「妊娠しちゃうだろ」

「しちゃダメなの？」

自分が下らない駄々《だだ》をこねているのは自覚していた。

だけど止まらない。

「プロポーズしてくれたってことは、そういう覚悟があるんじゃないの？」

「順番がある。タミちゃんとはデキ婚したくないんだ」

「……私……キョウ君の子供が欲しい」

私は自分の愚かさを隠すようにベッドに身を伏せると、布団をかぶってキョウ君に背中を向けた。

私はバカだ。

サクラちゃんの一件で不安になって、キョウ君を困らせている。

「タミコ、焦るな」

キョウ君は私の布団を勢いよくはぎ取り、私の肩を痛いほど強く掴《つか》んで自分の方に向かせた。

「その時が来たら、お前の欲しいものは全部やる」

そう言って私の上に覆《おお》い被さると、私の足を左右に開き、避妊具を纏《まと》ったソレで私の中に入ってくる。

キョウ君の動きはガツガツと激しい。

右手で私の腰を、左手で私の肩を掴んで、自分が突き上げるのと同時に私を引き寄せる。

彼のモノがぐりっ、と奥まで入り子宮に届くたびに、私の肌は体の奥底からやってくる快感に粟《あわ》立った。

「俺を……こんなにさせるのは……お前しかいない」

乱れた呼吸の合間にキョウ君が言う。

「キョウ君……もっと……」

もっと、もっと、深くまでちょうだい。私の心臓をあなたに突かれたい。

指の先から髪の毛の一本まで、キョウ君を感じて一つになりたい。

「タミコ、愛してる」

筋肉で膨らんだ体に汗を滲《にじ》ませながら、キョウ君が唸《うな》るように言った。

「キョウ君……愛してる……大好き……だよ……」

言いたかったこの言葉がきちんと彼の耳に届いているかは分からない。快感に支配されて上手く声にならなかった。

だけどキョウ君は私の想いを受け止めたのだろう。私の上に体をぴったりと合わせると、薄く形の良い唇で私の唇を覆った。

彼の舌が私の唇の内側を舐《な》め、歯列をなぞり、頬の内側をくすぐる。舌を絡め合わせると、繋がっている部分が痛いほどに収縮するのが自分でも分かった。

「ああ……きつい……」

キョウ君はそう呻《うめ》くと、動きを少し遅くして膣壁《ちつへき》を広げるように擦《こす》る。今度は私が呻く番だった。

激しかった抽送《ちゅうそう》は、もっと楽しもうとする二人の意思によりゆっくりと焦《じ》らすような動きに変わっていた。ぴったりと重なり合う二人の体は同じリズムで動き、擦れ合う肌の間からは汗が流れ落ちる。

キョウ君の息づかいが激しくなっていき、私は彼の限界を感じた。

「……分かった？」

キョウ君が苦しそうに笑いながら私に問う。

「俺の全部はお前のものだって……」

そして私の全ては自分のものなのだ、と教え込むように、キョウ君は再び荒々しい動きで私を突く。

「あ！　ぁあ！　……やっ……」

全ての不安を消し去っていく圧倒的な力。単純で明確な性の力を彼は行使する。

「タミ……っ！」

キョウ君が達するその瞬間、私は夢中になって彼の腰に足を絡め、自分の方に引き寄せた。

全部ちょうだい。キョウ君の愛を全部、私の中に注《そそ》ぎ込んで。

この日、私たちは朝の光が闇を溶かし始めるまで、飽きることなく何度も繋がった。

たぶんキョウ君は、私が何か不安がっていることを察している。

私は快楽の渦《うず》の中で、見守るようなキョウ君の優しい瞳と何度も出会った。


カーテンから差し込む光を眩《まぶ》しく感じながらキョウ君の腕の中でまどろんでいた私は、スマホの電子音で目を覚ました。

寝室のタンスの上に置いてあるスマホが光って着信を知らせている。

慌ててキョウ君から体を離すと、二人の肌がべちゃっと音をたてた。

「うぁ、ねっちゃねちゃのドロドロ……」

汗やら唾液《だえき》やらで、爽《さわ》やかな朝はナメクジ気分。しかも一歩立ち上がると腰が重たくて、まともに歩けないカタツムリ状態。

フラフラ歩こうとしていたら、目を覚ましたキョウ君が素早く起き上がってスマホを取ってきてくれた。

私より断然激しく腰を使っているはずなのに。さすがはアスリート。

キョウ君が手渡してくれたスマホの画面には、メモリーに入っていない番号が表示されていた。

仕事の電話ではよくあることなので、私はかまわず通話開始ボタンを押す。

「はい、もしもし」

『あ、西園寺三樹男と申しますが、中城多美子さんですか？』

（ヒーー！　巨匠から直接電話かかってきたー！）

私は思わずベッドの上で正座。

「はい。中城です。この度はよろしくお願いします!!」

『いえ、あの……まだ決定というわけではありませんので。つきましては一度ミーティングをする機会をいただきたく』

「はい。お願いしひゃっす！」

（ギャー！　キョウ君に後ろからおっぱい揉《も》まれて裏声出たー！）

私はスマホを持っていない方の手でキョウ君をどつく。私の背後で「うおっ」とキョウ君が変な声を上げた。黙ってて！

『突然で申し訳ないのですが、明日は如何《いかが》でしょう？　可能であれば助かるのですが……今週来週とバタバタしているものですから』

西園寺先生の声は、スモーキーで落ち着いた大人の声だ。

詩情的な作品にぴったりなその声に、私はしばしうっとり。高名でありながら偉ぶったところのない丁寧な話し方にも好感が持てた。

「はい。あ、明日で大丈夫です。何時ごろ、どちらにお伺《うかが》いすればよろしいですか？」

西園寺先生は簡潔に時刻と場所を告《つ》げると、『よろしくお願いします』と言って電話を切った。私は思わず「こちらこそよろしくお願いします」と切れた電話に向かって頭を下げる。

「緊張したー！」

上擦《うわず》った電話用の声から解放された私は、思わず大きな声で叫んでしまった。

短い会話だったにもかかわらず、スマホを握る私の手のひらは汗をかいている。

「西園寺三樹男だよ！　本人と話しちゃった！」

私は背後を振り返ると、ベッドに片肘をついて寝そべっているキョウ君に今の興奮《こうふん》を吐き出した。

でもキョウ君は実につまらなそうだ。というか不貞腐《ふてくさ》れている。

「それで？　西園寺センセイはサッカー上手いの？」

「いや、サッカーは上手くないと思うけど。作家だし」

「んじゃ、俺の方が偉い」

訳の分からない理屈を言いながら、キョウ君は私を押し倒す。

突然乳首を甘噛《あまが》みされて、小さく悲鳴を上げた私は身を捩《よじ》った。

キョウ君の指はいつもの調子で遠慮なく私の下半身を探っている。

今日はキョウ君がお休みということもあって、深夜三時頃から明け方までエッチをしていた。

キョウ君がイッたのはたぶん五回ほどだけど、彼が休憩中も玩具《おもちゃ》で遊ばれていた私はそれでは済まないぐらいイかされている。

昨晩、思う存分愛撫《あいぶ》されたはずなのに、こうして触られると飽きもせずに濡《ぬ》れてしまう。

指先で私の敏感な部分を摘《つ》まんだキョウ君は、「ここ、また硬くなってる」と耳元で意地悪く囁《ささや》いた。

「キョウくぅん……それ以上……したぁら、壊れちゃぁうぅ」

「壊そうかな、なんかムカつくし……俺のことしか考えられないように」

キョウ君は不敵に微笑《ほほえ》むと、勃《た》ち上がり始めた自分のモノを私に見せつける。昨晩五回も出しているのに、まだこんなに元気だなんて恐ろしいと思いつつ、五回ももらっているのにまだ欲しがっている自分自身も恐ろしい。

「エロいな、タミちゃんのモノ欲しそうな視線。挿《い》れてほしい？」

キョウ君に煽《あお》られた私は、「お願い」とばかりに上目遣いで懇願《こんがん》する。

私は西園寺先生からの電話一本でチリチリと嫉妬《しっと》の火花を散らしたキョウ君に、甘くたっぷりと苛《いじ》められた。

昨晩は私が嫉妬して、今朝は彼が嫉妬して……それをエッチで美味《おい》しく解決してしまう私たちは、似たもののカップルなのかもしれない。

◇

都心の一等地に堂々とそびえる、アーティスティックだけどシンプルな建物。

商業施設やマンションにしては小さく、個人宅にしては大きすぎるそのビルが、西園寺先生の事務所兼、仕事場兼、自宅だった。

緊張しながらチャイムを鳴らすと、インターフォンから『はい』と女性の声。

「イラストレーターの中城と申します。西園寺先生と本日二時にお約束をしているのですが」

インターフォンに向かってそう言うと、『少々お待ち下さい』と女性が答えた。

仕事柄《がら》、打ち合わせにはいつもカジュアルな服装で行くけれど、今日は大切な日だから気合を入れてスーツを着てきた。

待っている間に、スーツに埃《ほこり》がついてないか、靴が汚れていないか、身なりの最終チェックをしていたら、門扉《もんぴ》の向こう側で重厚な玄関ドアが開いた。

「お待たせしました」

白いワンピースをエレガントに着こなした女性が迎え入れてくれた。

あまり若くはないけれど、それでも十分に綺麗《きれい》な女性だ。

（奥様かな？）

私は先を歩く彼女から漂《ただよ》う香水の匂いにうっとりしながら、案内されるままに花が活《い》けられたエントランスを抜けて奥に進む。白い壁に沿ってブロンズ彫刻が飾られた廊下は、まるで美術館のようだ。

白いワンピースの女性は私を応接室に案内すると、「こちらでしばらくお待ち下さい」と言って姿を消した。

白いソファーに白いテーブルが目に眩《まぶ》しい。私は一人、居心地悪くフカフカのソファーに大きなお尻をちょっぴり乗せる。

体重をかけていないのにお尻がソファーに沈んでいくのでモゾモゾしていたら、ドアが小さな音を立てて開き、男性が現れた。

彼が西園寺三樹男なのだとすぐに分かった。

彼は積極的にメディアに顔を出している作家ではない。

ネットで調べても、初めて大きな賞を受賞した二十代前半のころの写真しか見つからなかった。

なのに私の目の前にいる西園寺先生は、写真で見た姿とほとんど変わらなかった。それでいて写真を見た時には感じなかった独特のオーラを放っている。

若い。たしか四十代のはずなのに、とてもそんな年齢には見えない。

下手したら私より若く見えるかも。

私は立ち上がるのも忘れて、思わず彼に見とれていた。

綺麗《きれい》な男性。線が細くて、肌なんて透けるように白い。

「西園寺です。本日は突然お呼び立てして申し訳ありません。榊山さんにも同席していただく予定だったのですが、彼は今出張中のようで、同席できないことを詫《わ》びていました」

穏やかな微笑《ほほえ》みを浮かべる彼にそう言われ、私ははっとして立ち上がる。

「よろしくお願いします！」

慌てて発した私の声は、その場のエレガントな雰囲気に似つかわしくない不協和音《ふきょうわおん》。

だけど西園寺先生はそんな私を見て、小さく微笑んだ。

そして貴族的な仕草で私に着席するよう促《うなが》し、自分も白いソファーに腰を掛ける。

私がフカフカのソファーに否応《いやおう》なく体を沈ませるのに対し、西園寺先生は空気のように軽やかに座っている。

いちいち絵になる仕草に、私は酔ったようにぼんやりと彼の言葉を聞いていた。

「いい意味で僕のイメージしていた中城さんと違いました。榊山さんに中城さんの作品を見せていただいた時はすごく惹《ひ》きつけられたのですが、作風からしてもっと怖い女性を想像していたのですよ」

「あ！　あの……私も西園寺先生をもっとオジサンかと思っていたんです。お若いのでびっくりしました」

「四十二ですから十分にオジサンです。大きな賞をいただいたのは二十二歳ですから、あれからもう二十年も経ちました。月日が経つのは早いものです」

彼のくぐもった声は密《ひそ》やかで、二人で内緒話をしているような気分になる。

こんな男性が『カクタス』を書いたのだと思うと、妖《あや》しいストーリーと彼の中性的な容姿が共鳴して、両方ともより魅力的に感じられた。

「『カクタス』拝読しました。すごかったです。一気に読んでしまいました。最初は二人の世界に圧倒されるんですけど、途中からその世界観が理解できて……最後は切なくて泣いてしまいました」

私がそう感想を述べると、西園寺先生は「ほぅ」とため息を吐《つ》きつつ頷《うなず》く。

「あれは読む人を選ぶ小説です。前半は商業的な部分を見越して、刺激的に話を進めています。でも後半は、『カクタス』が選んだ読者にだけ伝わればいいと思って書きました。中城さんは『カクタス』に選ばれた読者なのです」

そして彼はこう続けた。

「『カクタス』は不安な恋をしている女性に捧げる本です。不安は女性を凶暴にさせる。そしてその姿はたまらなく美しいものです」

西園寺先生の優しくも妖《あや》しい笑みから、私は視線が外せない。

彼に見つめられながら、私はふっと本で知識を得た〝ペヨーテ〟のことを思い出していた。

南米に自生するというサボテン〝ペヨーテ〟には強烈な幻覚作用があり、吐くほど不味《まず》いにもかかわらず、人はその恍惚感《こうこつかん》を求めて食するらしい。

『カクタス』を執筆する西園寺先生からは、そんな危ない快楽の匂いがした。

◇

〝下品なエロオヤジで、お風呂に何年も入っていないような体臭の持ち主〟。

帰宅後キョウ君に「もったいぶった名前のセンセイ、どんなヤツだった？」と尋ねられた私は、西園寺先生のことをこう説明しておいた。

正直に〝年齢を感じさせない妖しさも兼ね備えた王子様タイプ〟などと言ってしまえば、何やらややこしくなりそうだから。

内心、嘘も方便だと機転を利かせた自分を褒《ほ》めていたら、キョウ君に「それってタミちゃんのタイプじゃん」と言われて、顔が「？」になった。

「どこがどうなって私のタイプだと思うの？」

「臭いのあたり。もしくは下品？」

「そんなマニアじゃありません……」

自分の彼女を何だと思っているのかと小一時間問い詰めたい気持ちを抑え、私はキョウ君におやすみのハグをする。ムカついたので絞め技みたいなハグをしてみたけれど、甘えられたと勘違いしたキョウ君に絞め返され、食べたものを出しそうになった。

ペットの大型犬にじゃれつかれて怪我をした飼い主のような気分で、私はベッドルームに消えたキョウ君を横目に仕事部屋へ向かった。

仕事部屋に入り、私は西園寺先生の仕事について考える。

常に穏やかな笑顔で私に接してくれた西園寺先生は、その表情とは裏腹に、仕事には厳しい人だった。

私が持参したポートフォリオの作品から、イメージではないもの、イメージに近いものを伝えた彼は、「イメージに近いとは言っても、この中のものと似たような作品になるなら使えません」と言ったのだ。

「この小説は僕にとって読者への裏切りであり、挑戦です。中城さんも今までの自分を裏切る覚悟で描いて下さい」

涼しげな瞳でそう言った彼の言葉を思い出しながら、私は早速近日中に提出すると約束したラフデザインに取りかかる。

いつも通りショパンのピアノ作品集をＢＧＭに流していたが、気分を変えるために洋楽のロックをかけてみた。

そうして切れそうになる集中力を無理やり繋げながら、私は何枚もラフを描いていく。

自分を裏切る、自分を裏切る、と、西園寺先生に言われた言葉を呪いのように頭の中で繰り返しながら、懸命に鉛筆を動かし続けた。

四時間後。深夜三時に差し掛かった頃、「ダメだ……今日はもうヤメ！」と私は一人小さく叫び、筆を置いた。

三十枚くらい描いた果てに、ピカソのような難解なアートを描き始めていた。

これでは裏切りすぎだ……

この日から私は『カクタス』スランプへと突入した。

他の仕事はいつも通りのペースで進めることができる。

だけど『カクタス』は、自分がこれだと思うものが描けなかった。〝自分らしさ〟と〝自分を裏切る〟バランスが上手く取れないのだ。

この日も『カクタス』を読み返しながらラフ図案をこねくり回していたら、いつの間にか日が暮れていた。

（あぁ……晩ご飯の支度しなきゃ）

そう思って冷蔵庫を覗《のぞ》いた時、玄関のドアが開く音と共に「ただいまぁ」というキョウ君の聞き慣れた声がした。

（あ、今日は土曜でサッカーお休みか）

いつもより早い時間の帰宅でそう思い至る。その時、「キャー！」という、鳥かごをひっくり返したような甲高い声が部屋中に響き渡った。

その声に圧倒されて身を固くしていたら、リビングに女の子を十人ほど従えたキョウ君がご機嫌で入ってくる。

「何事!?」

「言ってあったじゃん、サクラのフットサルチームの相談に乗るって」

(まさかフットサルチーム全員が来るとは思ってなかった……)

唖然としていたら、キョウ君の大きな体の後ろから小さなサクラちゃんがピョンと飛び出し、

「おっじゃましまーーす! サクラン・ジャパンです」

と弾《はじ》ける笑顔を私に向けた。

他の女の子たちも「おっじゃましまーーす」と復唱。

サクラちゃんが分身の術で十人に増えたような錯覚に陥《おちい》りながら、私は引きつった笑顔で応えた。

女が十人もいれば、とにかく騒がしい。

差し入れてくれたお寿司の桶《おけ》が、手から手に渡されリビング中をぐるぐる回る。キョウ君はその中でハーレムの王様状態だ。

キョウ君の隣に陣取ったサクラちゃんはさながら女王様、キッチンでお茶を淹《い》れている私は王様に想いを寄せる侍女といったところだろうか。

ハーレム満喫中の王様を見ていたら、侍女は想いをこじらせて毒殺してやろうかと思

いますわ。

とりあえずキョウ君には出がらしのお茶だ。しかもご飯茶碗入り。我が家には湯呑《ゆのみ》とコーヒーカップを合わせても、十人分はない。

「手伝います」

視界が暗くなったと思った瞬間、上から声が降ってきた。

振り返ると、顔面全体にムニッとした感触が当たる。

慌てて後ろに下がった私は、顔に当たったものがロケットのようなおっぱいだと知った。

私の真後ろにいたのは、かなり長身の女の子だ。一七七センチのキョウ君よりも高いかもしれない。

「あ、じゃあお茶持って行って下さい。そのご飯茶碗はうちのバカ殿様に」

「はい」

のっぽの女の子は、大きな両手で五個のコップを一気に運んでくれる。

ご飯茶碗はきっちりバカ殿に届けられ、キョウ君が「何で俺だけお茶碗なの～？」と不服そうに文句を言っているが、聞こえなかったことにする。

「ペンちゃんもサクラン・ジャパン参加して下さいよぉ。せっかくこんなサッカーバカの彼氏がいるんだから」

「いや……私、超文系だから……」

サクラちゃんは相変わらずキョウ君にベタベタ触りながら、キッチンの隅《すみ》っこで寿司をつまんでいる私に声をかける。

私は、（人の彼氏に触るな、そしてバカって言うな！）と心の中で叫びつつも、みんながグラウンドの確保とか練習メニューとかで盛り上がっているのを眩《まぶ》しく感じていた。

さすがにスポーツをしているだけあって、みんな爽《さわ》やか女子。

お洒落《しゃれ》なファッションビルやカフェでたむろする、化粧ばっちりの女の子たちとは一味違う。

遠目から見ていると、甘く尖《とが》ったコンペイトウのような可愛らしさがあった。そんな彼女たちの姿に、私の頭の中はコンペイトウのあのパステルカラーに支配されていく。

（パステルカラーか……）

最近の私のイラストは、強い色調でポップな作品が多い。

SMが主題になっている『カクタス』はダークなイメージで、西園寺先生がポートフォリオからピックアップしてくれたのも、暗い背景に強い色をのせているエッジの効いたイラストばかりだった。

（柔《やわ》らかい色合いで描いたら色々な意味で裏切りだけど……それだけじゃ『カクタス』のイメージには合わないし……）

私は脳内に溢《あふ》れてきたパステルカラーの世界から、何かを掴《つか》もうと集中する。

すると突然、「ペンちゃんって文系なんだ！」と耳元で鈴の転がすような声がして、二の腕をムニッと小さな手で揉《も》まれた。

「けっこう綺麗《きれい》な筋肉がついてるから、スポーツしてるのかと思ってた」

サクラちゃんだ。いつの間にかキョウ君の隣からキッチンに移動してきて、チワワのような大きな瞳で私を見ていた。

彼女は下げてきたお皿をシンクに入れると、私の腕をペタペタと触り筋肉チェックを始める。クロールで泳いでばっかりいるから確かに肩や腕は締まっているかもしれないけれど、筋肉というほどのものは付いていないはずだ。

もしかしてサクラちゃん、天然の触り魔？

「ペンちゃん最近ジム来てる？」

「ううん、今仕事が忙しくて」

「やっぱり！　ちょっと太ったんじゃない？」

そしてサクラちゃんはまた私の上半身をムニムニ触りながら、お節介にも贅肉《ぜいにく》チェック。

（触り魔だ……この子はただの触り魔だ……）

下半身の印象が強すぎて警戒していたけれど、ただのジェットファンであって、それ以上でも以下でもないのかもしれない。

私はサクラちゃんに揉《も》まれまくりながら、勝手に嫉妬《しっと》していたことを反省した。

サクラちゃんはされるがままになっている私が面白いのか、楽しそうに話し続ける。

「そういえばペンちゃんって何の仕事してるの？」

「え……っとデザイン関係……」

「うっそー！　すごい。じゃあそっち系の学校出身なんだー！　私なんて普通の短大だから……」

「サ・ク・ラ！　あんたいい加減にしなさい‼」

サクラちゃんのお喋りとお触りに圧倒されていたら、さっきのノッポ女子が現れてサクラちゃんの首根っこを掴《つか》んだ。

そしてサクラちゃんは母ライオンに咥《くわ》えられた子ライオンのように、そのままミーティングに戻される。

(なんか体育会系女子のノリって新鮮で面白いかも)

そう思いつつ、私はさっきサクラちゃんが言った「そっち系の学校」という言葉がなんとなくひっかかっていた。

「ハーレムは楽しかったですか？　王様」

二時間ほどの滞在で女子集団が帰ると、部屋は異様に静かになった。

さすが女の子の集まりなだけあって、使った食器だけでなく、もともとシンクに少し溜めていた食器まで洗って帰ってくれた。まさに立つ鳥跡を濁《にご》さず。

これならまた来てもいいかな、と思ったぐらいだ。

「別にハーレムとかそんなんじゃないよ」

キョウ君はベッドルームで腕立て伏せをしながら言う。

ジムに行かなかったから体を動かしたいのだろう。動きに合わせて動く山脈のような背筋がセクシーだ。登りたい。

「鼻の下伸びてたよ」

「あれは……サクラがノーブラだからだよ。タミちゃんだって俺が脱いでいる時にガン見するだろ⁉　グフゥ‼」

イラッときた私はキョウ君の背中に飛び乗った。登頂完了。

「俺、ハーレムの王様より、タミちゃんの専属セラピストでいたい。俺が癒《いや》すのはタミちゃんだけだから」

そう言ったキョウ君は私を背中に乗せたまま持ち上げて、自分の体をひっくり返す。

背中から放り出されそうになった私を、彼は自分のお腹の上に抱き寄せて「運動足りない」と耳元で甘く囁《ささや》いた。

彼がどんな運動を求めているのか、光速で理解した私は音速で濡《ぬ》れていく。

実のところ女の子たちに囲まれているキョウ君を見て嫉妬《しっと》交じりの欲情を抑えていた私は、彼の聴覚を苛《いじ》めてみようと耳元で囁いた。

「王様、わたくしは王様の玩具《おもちゃ》でございます。ご自由にお使い下さい」

私が悪戯心《いたずらごころ》で言った一言に、キョウ君が激しく食いついた。

「うっわぁ！　タミちゃんエロ。その言い方エロ！　もう一回」

「ヤダ。恥ずかしいから一回だけ」

「じゃあ俺が言う！　わたくしは女王様の玩具です。ご自由にお使い下さい！　はい。次タミちゃん」

「キョウ君は私の玩具……」

「違う！　そっちじゃない……絶対言わせてやる！」

そう言ったキョウ君はぐるんと勢いよく体を回転させると、素早く上になって私をベッドに押さえつけた。

彼の熱い舌が口内に入ってきて、私の舌と絡まる。

私たちは歯の裏まで舐《な》め合いながら、欲情に火を灯していく。

キョウ君の器用な舌が私の首筋を下から上へとなぞり、私は「あぁ……」と甘いため息を漏《も》らした。

首筋と耳に唇を這《は》わせながら、彼は私のパジャマのボタンを外すと、男らしい指でゆっくりと私の乳房を愛撫《あいぶ》する。

優しく先端を指で摘《つ》まみ、立ち上がらせ、突き出した舌で胸の谷間から先端に向かって焦《じ》らすように舐め上げる。私の体は快感で震えた。

「ほら……ご自由にお使い下さいって言ってみ？」

さもないとここを触ってあげないよ、と言わんばかりに彼は私のパジャマのズボンの中に手を入れ、下着の上から敏感な部分を撫《な》でた。

ショーツのクロッチの上で円を描くように動くキョウ君の指に、私は彼の思惑通り焦れる。

「エッチな顔になってるよ、この表情も俺だけのものだな」

雄の目で私の顔を覗《のぞ》き込んだキョウ君は、荒い息を吐きながら言う。

そんなキョウ君だってすごくエッチな顔をしているのに。

「ご自由にお使い下さいって言えたら、気持ちよくしてあげる。タミちゃんのここと……ここ。いっぱいかき混ぜて……イかせてあげる」

「あぁ……いや……」

キョウ君は私のショーツを下ろすと、すでに硬くなっていたクリトリスを摘まみ、膣《ちつ》の中で二本の指を動かす。

ゆっくり、ゆっくり、わざとグチュグチュと音を立てながら焦《じ》らされて、気がつけば私はいつものように「……お願い」とキョウ君に懇願《こんがん》していた。

でもそんな言葉じゃキョウ君は満足しない。

自分の勃《た》ち上がったソレを解放し、その弾力のある先端を私の濡《ぬ》れた秘部に擦《こす》りつけながら、「ご自由にお使い下さいって言わないとあげないよ」とサディスティックに挑発してくる。

「王様、ご自由に、お……おつかい……くだぁさぃ……」

「上手に言えました。じゃあ……ご褒美《ほうび》」

コンドームを嵌《は》めたキョウ君が、慌《あわ》ただしく私の中に入ってきた。

その瞬間、「あぁ」と二人のため息が重なって、思わず私たちは顔を見合わせる。

「……俺さ、焦らすのとか上手くないかも。だってタミちゃんエロすぎて……俺が我慢できない」

そう白状したキョウ君は余裕なく腰を動かし始め、私はいつまで経っても慣れないその強烈な快感に身を任せた。

私を焦らしながら自分も焦れていたキョウ君は、私から溢《あふ》れた蜜を泡立てるように激しく動く。

膣《ちつ》の奥を掘るみたいにグリグリと擦り、私を内側から押し広げる。

「あ、あぁ、あ……」

甘い快感に引き裂かれた私は、下から突き上げてくる振動《しんどう》に合わせるように声を上げていた。

ピストンの動きが速まるほどにヌチュ、ヌチュ……と粘着質な音が派手に鳴る。

「ああ……タミちゃんの顔……すごくエッチだ……」

「だって……気持ちいい……キョウくんの……」

キョウ君だけが到達できる私の一番深い部分が、ズキンズキンと強く痺《しび》れてきていた。

それが背筋を駆け上って全身に広がり、脳までも快感で埋《う》め尽くしていく。

もうすぐだ。私は何度もキョウ君にイかせてもらって、その感覚を上手く捕まえられるようになっていた。

キョウ君の動きに合わせて自分の腰を動かす。

「あ……タミちゃん……その角度……ヤバ」

「……あぁぁ……」

私は足をキョウ君の背中に絡ませて、体の奥を痺れさせる正体を知ろうとする。

子宮から脳に快楽の波が走り、その間隔はどんどん短くなっていった。

「あああ!!」

「あぁ、ムリ……タミちゃん……ン！」

示し合わせたかのように、二人の動きが止まる。

ビクッと体を揺すって達したキョウ君は、王様のくせに弱った子犬のような表情で私の上に崩れ落ちてきた。

私はまだピリピリという快感の余韻《よいん》に震えながら、汗で光った彼の体を受け止め、セックスの後にやってくるあの独特な気だるさに目を閉じた。


キョウ君とセックスをした後、二人重なるように眠っている時間が、一日の中で一番幸せかもしれない。

だからキョウ君の腕から抜け出して仕事部屋に向かわなくてはいけない時は、深夜に甘いモノを我慢するよりも辛い。

薄闇の中で時計を確認した私は、絡まっているキョウ君の腕をそっと解《ほど》いてベッドを抜け出した。

「……タミちゃん……チューして下さい、チュー……」

起こしていないと思ったけれど、起こしてしまったみたい。

キョウ君の長い腕に引き戻されて、私は彼のよく働いた唇に軽くキスをする。

「お休み、キョウ君」

「タミちゃん大好き……お休み……」

寝ぼけている時と酔っている時のキョウ君は、録画しておきたくなるほど可愛らしい甘えん坊だ。

コイツも深夜に欲しくなる甘いモノの一つかも。

◇

仕事場に入った私は「そっち系の学校」とサクラちゃんが発した一言で、美大時代を思い出していた。

そして思い出を辿《たど》って行き着いた先は、学生時代に何度か制作した銅版画。

銅版画の技術であるエッチングとアクアチントでモノクロの幻想的な雰囲気を出した版画に、パステルカラーを手彩色したら『カクタス』のイメージに合うものができるかもしれない。

いや、かもしれないじゃなくて、私はこの方法を思いついた時点で確信していた。

絶対に良い作品ができると。

銅版画は細かい表現ができるし、仕上がった絵には闇から浮かび上がるような重厚感と迫力が出る。

そこにスポット的にパステルカラーを入れることにより、ＳＭという暗い世界に浮かび上がる愛を表現できるだろう。

銅版画、絶対やってみたい。

そう思うと同時に、私は銅版画とは関わりたくない、とも思っている。

私が学生時代に銅版画を制作したのは、版画専攻だった元彼の影響だった。

そして私は数年前に彼のホームページを発見し、彼が銅版画家として活動しているのを知っている。

いつも心のどこかで思っていた。

「ブスが思い上がんな」と私を笑った男は、十年経った今、どうしているんだろうかと。

彼はハンサムでもなければ、金持ちでもなかった。だけど反戦を叫ぶ詩人のような芸術家然とした雰囲気があり、私はそこが大好きだったのだ。

彼は、私を覚えているだろうか。

彼と会えばまた、私はブスだと笑われるのだろうか。

私は彼に一生会いたくないと思う一方で、会ってみたいとも思った。

たぶんそれはキョウ君の影響だ。

キョウ君が私を強くしてくれた。私を幸せにしてくれた。私を綺麗《きれい》にしてくれた。

私の背中をキョウ君が抱きしめていてくれるなら、私は過去と対峙《たいじ》できるだろう。

銅版画というのはかなり大がかりで、専門的な装置がないと制作できない。

だから銅版画作家は数人が集まって、共同のアトリエを持っている場合がほとんどだ。

私はまず、作業をさせてもらえるアトリエを探す必要があった。

（先輩に連絡してみよう）

鉛筆で下書きとなるデッサンをしながら、私はそう決断した。

◇

件名：銅版画制作について
お久しぶりです。

覚えておられないかもしれませんが、文明美術大学《ぶんめいびじゅつだいがく》時代にお世話になりました中城多美子と申します。

ホームページで先輩のご活躍を知り、ご連絡させていただきました。

突然で恐縮なのですが、現在本格的な銅版画を制作させていただけるアトリエを探しております。

もしお心当たりがございましたら、下記の電話番号かこのメールにて助言をいただければ幸いです。

中城多美子

彼の作品をいくつか掲載しているホームページからメールアドレスを入手した私は、何度も文章を書き直して、結局こんな短い文章を送った。

このメールに返信があったのはそれから数時間後だ。

件名：Re銅版画制作について
中城さん、ご無沙汰《ぶさた》しています。元気ですか？

銅版画制作のアトリエ、もちろん紹介させていただきます。

僕が使用しているアトリエでよろしければ、すぐに僕の方から代表者に連絡を入れておきます。

版画教室などもやっているアトリエなので、平日は混み合うかもしれません。

週末の午前中から来ていただければ、ゆっくりと作業できると思います。

大西祐太《おおにしゆうた》

このシンプルな文章の後には、アトリエの住所と彼の連絡先が記されていた。

私は彼の番号を登録する。

指が震えて、心臓が痛いほどに高く鳴っていた。

もう彼のことなどなんでもないと思っていたのに、過ぎたこととして平然と対応できると思っていたのに、今再び傷つけられるのではないかという恐怖が大きなストレスとなって私にのしかかる。

（大丈夫、全部過去だよ、もう終わったこと）

私は大きく深呼吸して、待ち受け画面で微笑《ほほえ》むキョウ君を見つめた。

大丈夫、大丈夫。キョウ君も画面の中でそう言ってくれている。

◇

次の日曜日、私は先輩に紹介してもらったアトリエに向かった。

場所がたまたまキョウ君の練習場までの通り道にあったので、車で送ってもらう。

車の中でキョウ君に先輩のことを話しておこうかと思ったけれど、彼に頼りすぎている気がして、話しそびれてしまった。

「帰りも近くにいたら迎えに来るから」

「うん、また連絡するね」

ユニフォーム姿のキョウ君とキスを交わし、私は車を降りる。

車の窓から可愛い笑顔で手を振るキョウ君を脳に焼き付けるように見送って、私は目の前に見えているアトリエの入ったビルに向かった。

想像していたよりも大きなアトリエだった。

ドアを開けた私は、絵の具や溶液の独特の匂いを懐かしく感じながら、どうしたらいいものかとその場に突っ立っていた。

鍵《かぎ》が開いているのだから誰かいることは間違いないのだが、視界に入る場所に人影はない。

戸惑っていると、背後で足音がした。

「た……中城さん？」

「あ……」

そこには先輩がいた。

十年前とほとんど変わらない容姿。

ちょっとだけ年齢を重ねた印象はあるけれど、昔と同じ長めの髪に線の細い体。私は当時、彼の細く長い足が大好きだった。

「お久しぶりです」

私がそう声を絞り出すと、彼は「入って、道具と機材の説明するから」と、どこか慌てように私を促《うなが》した。

先輩は着ていたジャケットを脱いで絵の具で汚れたエプロンをつけながら、ウロウロとアトリエ内を落ち着きなく歩き回る。そしてもう一人、先に来ていたらしい中年男性を奥に呼びに行くと「中城多美子さん、美大の後輩なんだ」と紹介してくれた。

私はアトリエの代表だというその男性に挨拶《あいさつ》をしながら、波立っていた気持ちが穏やかになっていくのを感じていた。

先輩は変わらずそこに芸術家として存在している。

初めて付き合った人、一生懸命追いかけた人、私を裏切った人。

それでいて、今私の目の前にいる先輩は、容姿はそれほど変わっていないのに昔とは違う人のように感じた。

「中城さん、エッチングだよね。銅版、僕のでよかったら……」

「あ、版は用意してきました。軍手とかエプロンとか、必要そうなものは持ってきたんですが、エッチングのニードルが学生時代に使っていた古いのしかなくて……」

「僕のを使って。この棚にあるのは全部自由に使ってくれていいし、版も足りなくなったら僕のがあるから」

「ありがとうございます」

先輩は長い髪をガリガリと掻《か》き、落ち着きなく工具や画材を私が使いやすいように整理していく。

私はそんな彼の様子を見ながら付き合っていた日々を思い出そうとしてみたけれど、本人を目の前にするとそれは霞《かすみ》のように消えていった。

恐れていたようなことは起こらないと分かって安堵《あんど》の息を吐き出した私を、先輩は切れ長の目で見つめた。

そしてもう一度頭を掻くと、ゆっくりと言葉を吐き出した。

「……中城さんが僕を頼ってくれて嬉しかった。その、僕は……君に酷《ひど》いことを言ったから、恨まれているだろうと気になっていたんだ」

トク、トク、トク、と私の心が深い場所で鳴る。

それは、十年間凍っていた硬い何かが融《と》けていく音なのかもしれない。

「中城さん、ごめん。遅くなったけれど君に……タミコに謝罪する。タミコごめん、すまなかった。……俺は若かったんだと思う。人を傷つけることを力だと勘違いしていた」

「……」

タミコ、ごめん。

この一言が闇を吹き払い、過去の恋を私に思い出させた。

私は彼を愛していた。

そしてそれはとっても幸せなことだったのだ。

「先輩……私、先輩と恋愛ができて良かったです」

私は息を吐きながら一気にそう言った。

先輩は切れ長の目を大きく開いて私を見つめる。

そうだ。私はこの涼やかな瞳に、時折情熱が込められる様《さま》が好きだった。

「先輩が私のことをどう思っていたとしても、あの時の私は毎日ドキドキして毎日キラキラしてて……先輩との恋愛を目一杯楽しんでいました。突然終わりが来てショックだったけれど……それでも先輩との恋愛は素敵な思い出です」

そう一気に告《つ》げた私の声は、後半少し震えていた。

十年経って、やっと過去の恋にちゃんと向き合うことができた。

酷い思い出なんかじゃない。

クリスマスやバレンタインには、彼に喜んでもらおうと張り切った。

毎日好きな人を思いながらお化粧の練習をして、彼好みの女になろうと頑張るのが楽しかった。

失恋したけれど、その前にあった恋は間違いなく素敵な思い出。

「タミコ……ありがとう」

「いえ、こちらこそ」

私たちは静かに微笑《ほほえ》み合った。

その後、私たちはそれぞれの作品制作を進めながら、ポツポツと昔の思い出話をし、この十年間であったことを差し障《さわ》りない範囲で話し、近況を報告し合った。

そうしていると、美大時代、二人で居残って版画制作をしていた頃のような気分になる。

時間を忘れて作業に没頭し、時々顔を上げて相手の進行具合を確認したり、無駄口を叩いたり。

一度こういう時間を共有した人とは、何年経っても簡単にその頃に戻れるのだと知り、私はなんだか嬉しくなった。

「アトリエの入り口でタミコの横顔を見た時びっくりしたんだ。顔形は変わってないのに……印象がすごく違っていて。綺麗《きれい》になった。思わず動揺したよ」

私が切りのいいところまで作業を終えた頃、先輩は淹《い》れてくれたコーヒーを差し出しながらそう言った。

安いインスタントコーヒーの味や、コーヒーカップの持ち手が油絵の具に汚れていることさえ懐かしい。

「お世辞、上手くなりましたね。あ、でも昔から嘘は上手でしたっけ」

「もう許してくれよ。謝っただろ」

先輩は頭を掻《か》いて苦笑い。そして尋ねた。

「タミコは今幸せ？」

私は答える。

「私は幸せです。先輩は？」

「僕は……そうだな、幸せ探し中って感じかな」

「見つかるといいですね」

先輩は切れ長の目で私を見つめる。

昔はこの瞳に見つめてもらうのが嬉しかったけれど、今は何も感じない。

私が彼から視線を逸《そ》らした時、スマホがメールの着信を告《つ》げた。

『近くにいるけど迎えに行こうか？』

キョウ君からだ。時計を見ると、もう午後五時を回っている。

『十分くらいで出るね』と返信をして、私は空《から》になったコーヒーカップを洗いにシンクへ向かう。

「彼氏？　旦那？」

私の背中に先輩が尋ねた。

私は「彼氏ですよ～」と答えて先輩に今日のお礼を言うと、帰宅する旨を伝えた。

「晩飯でも一緒にどうかと思ったんだけど……彼氏いるんじゃダメだな」

「そうですね。でも私と彼と先輩、三人でなら大丈夫だと思います」

「いや、それは止めとく」

そう言った先輩はすでに作業に戻っている。

私も黙って道具の片付けを始めた。

だけどこの片付けに、結構手間取ってしまったのだ。

キョウ君に『十分くらいで出る』と伝えたにもかかわらず、私が全ての道具を片付けて先輩に「失礼します」と挨拶《あいさつ》をしたのは約三十分も後のことだった。

スマホの時計を確認しながら大慌てでアトリエを出ようとドアノブに手をかけたら、ドアが外側から開いて、コントみたいに顔面をぶつけた。

「いった！」

「あ、タミちゃん」

キョウ君がいた。スーツ姿の。

キョウ君のスーツ姿なんて初めて目にしたので、一瞬誰だか分からなかったけれど、目の前にいるイケメンは間違いなくキョウ君だ。

「下で待っていたんだけど来ないから、すれ違ったのかと思って……」

そう言いながらキョウ君は、私の背後に向かって軽く一礼した。

鼻先を押さえながら振り返ると、先輩がありありと驚いた顔をしながら突っ立っている。

外側から開いたドアに顔面をぶつけるというアホさに呆れられたのかと思ったら、先輩が「ジェット？」と呟《つぶや》く。私はやっと事態を把握した。

自分の彼氏が有名人だったという事実を忘れていた。

男性は特にサッカーとかが好きなので、キョウ君の顔と名前が一致したのだろう。

「タミ……中城さんの彼氏ってジェット？」

「あの……縁があったみたいで」

「フィアンセです」

キョウ君が私の言葉に被《かぶ》せてきた。

目の前にいる男性が私の元彼だとは知らないはずなのに、キョウ君はなんだか攻撃的だ。

犬属性だから嗅覚が発達しているのかもしれない。

「キョウ君、何でスーツなの？　サッカーじゃなかったの？」

「……ま、とりあえず行こう。路駐だし」

「うん、あ、じゃあ先輩。今日はお世話になりました」

先輩にお礼を言う私の手を引っ張って、キョウ君は歩き出す。やや強制連行的な感じだ。

　こっちは彼がハーレム状態になっていても我慢しているというのに、キョウ君の嫉妬《しっと》は発火しやすいのかもしれない。

　嫉妬されるのも悪くないと私がニヤニヤしていたら、私の手を引いていたキョウ君が車の前でピタリと足を止めた。

　そしてなんだか居心地悪そうに私を見ている。

「……？　キョウ君？　何か隠し事してる？」

「鋭いね、タミちゃん」

　いや、別れた時はサッカーのユニフォームだったのに、今スーツだなんて怪しすぎるから。

　でも黒いスーツにラベンダー色のネクタイを締めたキョウ君、すっっっごく格好よくてヤバイ。

　早く車の中に入っていっぱいキスして、お家に帰ったらそのスーツを半分だけ脱がしてエッチしたい！　と妄想を広げている私に対して、キョウ君は車のドアも開けず、なんだか一人で顔を赤らめている。私の妄想がばれたのか？

「……キョウ君？」

「タミちゃん」

「はい？」

私の名前を呼んだキョウ君は、私の両手をとって、いきなり片膝をついた。

「タミちゃん、俺と結婚して下さい」

「え！」

キョウ君はスーツのポケットからベルベットの小箱を取り出す。

そしてそれを開けて私の前に捧げた。

受け取って見れば、私のデザインした婚約指輪。

完成しているのはジュエリー工房から連絡を受けて知っていたけど、キョウ君とは「二人の休みが合う時に受け取りに行こう」と話していたのだ。

道を行き交う人たちが、アスファルトに片膝をついたキョウ君と、指輪の箱を手にする私をチラチラと横目で見ていく。

ここは繁華街に近い路上なのだ。

私は顔にこれ以上ないと思うほどの熱を感じながら、慌ててキョウ君の手を取って立ってもらう。

どうしよう、泣きそう。

でも泣いたらますます目立つから、私は歯を食いしばる。

「二人でお店に取りに行ったら、店員さんがタミちゃんにそれ渡すことになるじゃん。

俺、前はちゃんとしたプロポーズもできなかったから……完成した指輪だけはきちんと渡したいと思って、子供サッカー終わってから一人で受け取りに行ってきた」

そう言ってキョウ君は小さな箱に収まっている指輪を、私の薬指に嵌《は》めた。

私の指にぴったりと嵌まったリングは、二つのプラチナ台ブリッジが中央のダイヤモンドを包み込むデザイン。

「それで……それで、わざわざスーツで来てくれたの？」

「きちんとしたかったんだ。タミちゃんとはきちんとしていきたい。大切な人だから」

もう我慢できなかった。

溢《あふ》れ出した涙が止まらない。

涙は道路に落ちて、次々とアスファルトに小さな黒い染みを作っていく。

「ほら、こうしたらこの指輪みたいだろ。タミちゃんがダイヤモンド」

キョウ君は声を殺して泣き続ける私を、逞《たくま》しい二本の腕で包み込んでくれた。

3　キスは四度目の正直で

「これと……これ。僕個人としては、このどちらかがいいですね。中城さんはどれが一番気に入っていますか？」

『カクタス』のサンプル図案を見ていた西園寺先生がそう言った。

私は試作段階の銅版画を持参し、西園寺家を訪問していた。

サンプル図案三セット、上下巻分で六枚の絵を机に並べて見入る西園寺先生の横顔は、相変わらず端整だ。

先生の気に入った図案は、顎《あご》から腿《もも》までの裸体をかなりアップで描いたものと、全裸の後ろ姿を引き気味に描いたもの。どちらも上巻が女性、下巻が男性と対《つい》をなした構図になっている。

「私はこの顎から腿までの方です。後ろ姿のものも気に入ってはいるのですが、少し迫力に欠ける気がするので」

「そうですね、こちらの方が購入者の目にも留まりやすい。……ではこれでいきましょう。お手数ですが榊山さんにもこの下絵のコピーを送付しておいて下さい。彼には僕の方からあなたにお任せする旨、連絡をしておきます。万が一マーケティングの方から何か言われたら僕が対応しますから、中城さんはこのまま版画作業を進行していただいて大丈夫です。一緒に良い本を作りましょう」

「あ、ありがとうございます」

私は西園寺先生の決断と進行の速さに呆気にとられたままお礼を言った。

単行本に使う装画は、出版社やデザイン会社、マーケティング担当などが会議を重ねて進行し、最終段階で作家のゴーサインをもらうことが多い。

作家とアーティストが「これでやります」と先に決めてしまうケースもごく稀《まれ》にあるが、その場合は作家が個人的にアーティストと懇意《こんい》にしている場合がほとんどだ。

西園寺先生が自分を買ってくれているのを感じ、私は嬉しさと誇りに思わず笑みを零《こぼ》した。

「中城さんは前回来てくれた時と雰囲気が変わりましたね。なんというか……幸せそうだ」

「え！　そうですか……でへへ……」

西園寺先生にそう言われて、私は思わずにやけてしまった。

やばい。西園寺先生の前ではお上品にしていたのに、かなりバカっぽい顔をしてしまったかもしれない。

私は慌てて顔を引き締める。

『カクタス』スランプは抜けたし、先輩とのわだかまりは解消したし、サクラちゃんはただの触り魔っぽいし、キョウ君は改めてプロポーズしてくれたし……アイ・アム・ハッピー！

「幸せはよくない。幸せは女性をつまらない女にしてしまう」

突然西園寺先生にそう言われ、膨らんだ幸せ気分が一気に抜けていった。

（先生、私は幸せでつまらない女がいいです……今まで不幸で面白い女でしたから）

そう思いつつも、尖《とが》った顎《あご》に指をやり品定めするように私を眺める西園寺先生を見ていると、なんだか外国人に日本語で納豆の説明でもするような気持ちになった。上手く説明できる気がしないし、理解してもらえる気もしないので、私は中途半端に笑っておく。

先日、妖《あや》しくも優しく見えた西園寺先生の美しい顔は、今日はなんだか淫猥《いんわい》に見えた。

「中城さん、僕にはあなたの隠された魅力が見えるんです」

「……はぁ、ありがとうございます……」

大作家先生だ。凡人には理解できないが、自分の放つ幻覚成分に酔って七色の夢を見ているのかもしれないと、私は冷ややかに思う。

「あなた自身は気がついていないかもしれないが、内に秘めるあなたの攻撃的なエロスが僕には見える。それを解き放ちなさい！」

突然立ち上がった西園寺先生は、興奮《こうふん》で赤くなった美しい顔を私に向けた。

（先生、私は普段から攻撃的なエロスを前面に押し出して生きている女ですから、どっかのアニメみたいに解き放てとか言われても……）

私はもはや寒風吹きすさぶ冬並みに白《しら》けていたけれど、なにせ相手は私の将来を左右する大作家先生だ。

どこに視線を持っていくべきか分からず、ひたすら固まった笑いを保持する。

その中途半端な対応が悪かったのかもしれない。

彼は「中城さん！」と変に甲高い声を上げると、私の両肩を細っこい手で掴《つか》んだ。

「中城さん！」

「っ!!　……ちょ！」

一瞬、西園寺先生が自己陶酔《じことうすい》しすぎて気絶でもしたのかと思ったけれど、私はフカフカすぎるソファーに押し倒されていた。

「中城さん、僕を、僕を……」

と唸《うな》されるように呟《つぶや》きながら、彼は私の唇を奪う。

（ヒーーー!!）

歯を食いしばって顔を振り、彼の唇から逃げるけど……この野郎しつこい！

（しつこい、しつこい、調子乗るなーーー!!）

私の怒りが頂点に達した時、暴れる私の膝に何かが当たった。

この感覚……覚えのある感覚に視線を下げてみると、やっぱり。

ズボンの股間が膨らんでいますよ、西園寺先生。

調子に乗って私の膝にそれを当ててくる男に、私はキレた。

「このっ！　そんなもの当ててくるなーーー！」

私はそう叫ぶと、無意識のままそこに膝蹴りを食らわせていた。

「あひゅ！」

西園寺先生がおかしな声を発したその瞬間、勢いよく扉の開く音が聞こえて、前回の訪問で会った綺麗《きれい》な女性が応接間に飛び込んできた。

「茂三《しげぞう》、あなたっ！　何やってるの、その方から離れなさい！」

「あの……私は大丈夫です」

女性が大慌てて西園寺先生を引き離そうとしたが、彼は私のひと押しで床にバタンと倒れた。

気絶している。

しかも気のせいが、微妙に幸せそうだ。

床に倒れる西園寺先生を呆れて見下ろしていたら、綺麗な女性が遠慮なく彼を蹴り上げた。

そして、ホホホ……と私に上品な笑みを送る。

もうなんだか意味が分からないし、怖い。


この後、綺麗な女性は西園寺先生に代わって丁寧に謝罪をし、玄関まで私を見送る間も何度も謝ってくれた。

「茂三がご迷惑をおかけしてしまって、本当にごめんなさいね」

と、どこか西園寺先生にも似た密《ひそ》やかな声で謝り続けるこの女性は、訊《き》けば西園寺先生の姉らしい。

「茂三はある意味病気なんです。私もこうして見張ってはいるのですが……」

ハァ……と西園寺姉は綺麗な顔に怒りを込めて、ため息を吐き出す。

初めての事件ではないのだろう。彼女の内に漲《みなぎ》る怒りがオーラとなって見えるようだった。

ちなみに西園寺先生は、応接間の床に転がったまま放置されている。

先ほどの痛みで立てないようだが、なんだか満足そうだったので、唇を奪われた私としては不本意だ。

この一件で西園寺先生は私を恨んで、装画の担当から外すかもしれない。

カクタスのために費やした日々を思うとため息が出るけれど、自分の取った行動に後悔はなかった。どうせなら再起不能にしてやりたかったくらいだ。

「茂三って……西園寺先生は西園寺三樹男ですよね？」

玄関を出る時、西園寺姉に私が素朴な質問をすると、彼女は笑って答えた。

「ペンネームですよ。本名は山田《やまだ》茂三。本人は嫌で隠しているみたいですけど、私はあえて茂三って皆さんの前で呼ぶんです。これも弟へのしつけの一環ですから。私のしつけが足りなかったから、こんな情けない男になってしまったのです」

（西園寺先生も仮面を脱げばドＭ茂三か……カクタスはガチだったわけだ……）

そんなことをぼんやり考えながら、私は茂三邸を後にした。

自宅に帰る道を急ぎながら、私は何度も唇を拭《ぬぐ》った。

茂三邸の洗面所で顔と手をしっかり洗わせてもらったが、それでもまだ感触が残っていて気持ちが悪い。

駅の構内で電車を待っていたら、キョウ君に会いたくてたまらなくなった。

キョウ君に会いたい。

いますぐキョウ君に会って抱きしめてもらいたい。

時計を見ると午後五時前。このまま家に帰っても、キョウ君はサッカーでまだ帰宅していないはずだ。

電車を途中下車してタクシーを拾えば、キョウ君がいる練習場までそれほどかからない。

今日は少しでも彼の近くにいたかった。


タクシーから降りた私は、ナイター照明に浮かび上がるグラウンドを目指して歩く。

ここは私とエリナが一悶着《ひともんちゃく》やらかした場所だ。今日は実業団チームの練習なので、グラウンドから聞こえてくる掛け声は低く野太い。

以前はサッカーに全く興味がなかった私だけど、キョウ君の試合を何度か見学するにつけ、その楽しみが分かってきた。

掛け声を遠くに聞くだけで、なんだか心がウキウキとしてくる。

私は不愉快な記憶を清めようと、専属セラピストを目指して歩く。

グラウンドが見渡せる場所まで来た私は、スタンド席の方に向かった。

地味な実業団サッカーなので、誰かが練習を見に来ている様子はなく、スタンド席はメンバーの荷物置き場と化している。

その中にただ一人、小柄な女性が座っていた。

「サクラちゃん!?」

約五メートルの距離まで近づいてその人物の正体に気がつき、愕然《がくぜん》とした。

なんだか地面だと思って立っていた場所が、薄氷《はくひょう》の張った池だったような感覚。

ピシ、ピシ……と氷にヒビが入る音が聞こえるようだ。

キョウ君は今日サクラちゃんと会うなんて、一言も言ってくれなかった。

それともサクラちゃんが勝手に押しかけてきたのだろうか……どっちにしても気分のいいものではない。

こちらに気がついたサクラちゃんはピョンと立ち上がると、勢いよく手を振りながら私の方へ駆けてくる。まるで元気な小型犬のようだ。

「ペンちゃんっ！　ジェットを見に来たんですか？　マジカッコいいですよジェット！一人だけ全然動きが違うの。まだまだプロでできるのにもったいない！」

サクラちゃんは私の気持ちもお構いなしで、一人興奮《こうふん》気味だ。

私の手を引っ張って自分の隣に座らせると、グラウンドにいるキョウ君を指差し、一生懸命彼の技術力について語ってくれる。

ボールスピードがどうとか、インサイドキックがどうとか……だけど私が訊《き》きたいのはそんなことじゃない。

「サクラちゃん……何でここにいるの？」

「あ、今日はサクラン・ジャパンのコーチをしてくれる人と会う約束があって。ジェットに頼んだんだけど忙しいからって断られちゃったんで、彼のチームメイトを紹介してもらったんですよ」

あっけらかんとしたサクラちゃんの言葉に、私は思わずホッと胸を撫《な》で下ろした。

キョウ君との約束じゃなかったんだ。疑ってごめんなさい。

「チョモッチも来てるんですけど、今コーヒー買いにコンビニに行ってるんです。ペンちゃんコーヒー要《い》ります？　電話してついでに……」

「いや……大丈夫。チョモッチって？」

「ほら、ペンちゃんの家にお邪魔した時にいたでかい女。あれサクラン・ジャパンのマネージャーなんです。チョモランマだからチョモッチ！」

背の高い女性に対してそのあだ名はいかがなものかと思いつつも、私もペンギンだからペンちゃん呼ばわりであることを思い出す。

彼女に悪気はないのだろう。

私も何かサクラちゃんに変なあだ名をつけてやろうかと、彼女をマジマジと見てみた。

そして思わずサクラちゃんの股間に視線を止める。

いや、股間じゃなくて正しくは内腿《うちもも》。

サクラちゃんは短いショートパンツにロングブーツ姿で、スタンド席の椅子の上に片足を上げていた。

それで彼女のタトゥーが見えたのだ。

ただの三角マーク。

なんだこりゃ⁇

私の視線に気がついたサクラちゃんが、意識的に内腿を私の方に向けた。

ナイター照明に照らし出されるそれは、やっぱりただの三角マーク。

正確にいえば頂点が下を向いた逆三角形で、その内側は黒く塗りつぶされている。

「もっと近くで見てみたら？　実は文字が彫ってあるかも」

「え？　文字なんてある？」

サクラちゃんの言葉に誘われ、私は彼女の内股に顔を近づけた。

「うっそぴょーん」

そう明るく言ったサクラちゃんを、私が下から見上げた時だった。

突然、私のほっぺを両手でガッと挟んだサクラちゃんが、私にキスをする。

デジャブー！　デジャブー！

何なんだこの娘は！　何なんだ今日という日は！

フンガ、フンガ言いながらもがいたが、上から覆《おお》い被さっているサクラちゃんは遠慮なく私をホールドして唇を離さない。

男なら急所攻撃でかわすところも、小柄なサクラちゃんをどれぐらいの力技ではね除《の》けていいのか判断に迷う。

その間も、サクラちゃんの唇には迷いがなかった。

もう女の唇ってとんでもなく柔《やわ》らかい……ってそんなこと考えている場合じゃなーーい！

舌、舌、舌！　サクラちゃん舌とかムーリー！　ってかレーズー！

焦った私がサクラちゃんを突き飛ばそうとした時だった。

サクラちゃんの体が離れ、私は一気に自由になる。

「チョモランマ！」

その巨大な人影に私は思わず失礼な一言。私を助けてくれたのはチョモランマ改めチョモッチだった。

小さなサクラちゃんは大きなチョモッチに胸ぐらを掴《つか》まれている。

「サクラ!!　あんたってコは……いつも……」

(あ、サクラちゃん殴られる！)

右手を大きく振り上げたチョモッチを見て、私は思わず目を閉じた。

あんな高さから振りかぶった手で平手打ちをされたら、サクラちゃんが吹っ飛ぶ。

「あ、ヤバ！」

「おい、誰か止めに行けよ」

「ちょっと、ちょっと」

私の背後から男たちのざわめく声がした。

振り返ればイーグルＦＣのメンバーが、私たちから三メートル程離れた位置で騒ぎを傍観している。

その中にはもちろんキョウ君も含まれ、妙にニヤニヤしているではないか。

（お前ら！　いつからいたんじゃっ。私を助けんかいっっ!!）

女の子にキスをされた私は、思わずおっさん化。

この状況でニヤついてる男たちを全員並べて引っぱたいてやりたいが、今は別の人が引っぱたかれようとしているのでそれどころではない。

だけどサクラちゃんは引っぱたかれなかった。

その代わりチョモッチは右手を振り上げたまま、天から降り注ぐ雨のような涙をボロボロと零《こぼ》している。

「チョモ……」

「サクラが私のことセフレぐらいにしか見てないのは分かってるよ……いつも、いつも周りを振り回して……自分勝手で……私、何でこんな淫乱《いんらん》好きになっちゃったんだろう……」

「ちょっ……チョモ、言いすぎ。ごめんって、ネ」

二人のやりとりを聞いていると、チョモッチが大きな体で涙を流す姿に心が痛んでくる。

なんだかキョウ君と会った頃の自分を見ているようだ。

私は思わずチョモッチに駆け寄った。

「あの、チョモッチさん……私とキョウ君もね、最初セフレだったの。だけど色々あって今は上手くやってるし……あの、好きなんだったら頑張って」

私の背後にいる野次馬《やじうま》の男連中は「お前らセフレだったのかよ」「もう三人ともレズでいいじゃん」とかうるさい。

私は下らない囁《ささや》きに気を取られていて、チョモッチが私をじっと見下ろしているのに気がつかなかった。

それに気がついたのは、彼女が作る影が私を覆《おお》った時だ。

見上げると彼女の顔が私に近づいてきて、私のほっぺを両手でガッと挟む。

デジャブー！　デジャブー！　デジャブー！

私はチョモッチにブチュッと色気のないキスを一つされて、解放された。

「サクラのキス、返してもらったから」

男たちのどよめきの中、まだ涙に濡《ぬ》れた顔でニヤリと笑ったチョモッチが私にそう言った。

神様、これが私のモテ期ですか⁉

大洪水に巻き込まれたようなとんでもないモテ期にふらついていたら、私は不意に後ろから肩を掴《つか》まれる。

大きい手、知っている手、安心できるキョウ君の手。

「俺のものだから。とりあえず返してもらうわ」

そう言ってキョウ君は、後ろから私を痛いほど強く抱きしめる。

「……俺、タミちゃんをセフレだと思ったことなんて一度もない。初めてタミちゃんを抱いた瞬間からどうしようもなく好きだった」

キョウ君はみんなに聞こえないように、私の耳元でそう囁く。

そして私を自分の胸に押し倒すように引き寄せ、キスをした。

三度目の正直、いや……四度目か。

お口直しだ。ありがたくいただこうと私はその唇を堪能《たんのう》する。

結構たくさんのオーディエンスがいるが知ったこっちゃない。私は今どうしてもキョウ君とキスをする必要があるのだ。

熱くとろけるようなキス。

キョウ君の汗と土と男の匂い。

「コラ、ベロは使うな！」

「サカってんじゃねーぞジェット」

「練習戻るぞー」

男たちから野次《やじ》が飛ぶが、キョウ君は構わず舌で私を洗浄し続ける。

執拗《しつよう》なその動きは自分の存在を私に知らしめているようだ。

まさか私の人生の中で、大勢の前でレズキスされたり、ベロチューされたりすることがあるとは思わなかったけれど、今はもう腰が砕けて抵抗する気も起こらない。

キョウ君が時々炸裂《さくれつ》させる極上の激甘キス。

これをやられたら私は百パーセント抵抗ができなくなる。

腕の中で私をトロトロに溶かしたキョウ君は、ようやく唇を離すと上気した顔で私に微笑《ほほえ》んだ。

そして野次馬《やじうま》たちを振り返って叫ぶ。

「俺、今日はもう上がるわ！　ヤることあるから」

そして全員に「ヤるんだろ！」と突っ込まれながら、私たちは練習場を後にした。

練習場のパーキングに停めてあったキョウ君の車に乗り込むと、私たちはキスを再開した。

もう遠慮もなくお互いに舌を突き出して絡め合っていたら、キョウ君のお腹が「グゥキュー」と鳴って、二人で笑い合う。

「やっべ、性欲と食欲、同時に来た」

「とりあえずどこかに食べに行く？」

「……ん～、もう今日はタミちゃんを誰の目にも触れさせたくない気分なんだよな……」

キョウ君はなかなか鋭い。

色んな人にキスされた今日は、全然知らない人にキスをされてもおかしくない日だと私も思う。

「じゃ、家帰ろっか。あり合わせのもので簡単に晩ご飯作るよ」

だけどキョウ君は、私のそんな提案を無視して何か考えている。

そして「ちょっと待ってて」と私に意味ありげな微笑みを投げかけると、車の外に出てスマホで電話をかけ始めた。

手短に誰かと話し終えた彼は、車に戻ってきてエンジンをかける。

「どうするの？」

「今晩は俺に任せて」

思わせぶりな視線を私に送って、彼は都心に向けて車を走らせた。

約三十分後、キョウ君が車を停めたのは、都心の最高級ホテルのエントランス前だった。

「行こう、部屋を取ったんだ」

「え……」

私が呆気にとられている間にキョウ君は車を降り、素早く近寄ってきたポーターに声をかけて車のキーを手渡す。

ぼんやりしていたら助手席のドアが開けられ、キョウ君が「早く降りないと駐車場に連れていかれちゃうよ」と手を差し出してきた。

今日の私は茂三とミーティングがあったので、ビジネスライクな服装をしている。けれどキョウ君はいつものジーンズにパーカー姿。しかもパーカーの下は汚れたサッカーユニフォームのままだ。

それでも彼はお構いなしで、私の手を取り悠々と高級感溢《あふ》れるロビーを闊歩《かっぽ》する。

「京野様、お久しぶりです」

突然声をかけられて、私たちは立ち止まった。

スーツを着た四十歳くらいのホテルスタッフが感じの良い笑顔で会釈《えしゃく》をする。

私はキョウ君があまりにも汚い格好をしているので怒られるのではないかとビビっていたけれど、当のキョウ君はご機嫌だ。このホテルスタッフと顔見知りらしい。

「新井《あらい》さんスイマセン。突然で」

「いえ、ちょうどお部屋が空いておりましたので良かったです」

新井さんと呼ばれた男性は私と目が合うと再び小さく微笑《ほほえ》んで、「当ホテルのコンシエルジュをしております新井と申します」と自己紹介をしてくれた。

私も慌てて「中城です」と挨拶《あいさつ》すると、キョウ君が「フィアンセです」と付け足してくれた。なんだかくすぐったい。

私たちは新井さんに案内されてエレベーターで部屋に向かった。

二十階で降りて、部屋に通された私は思わず「うわぁ」と声を出す。

そして思わず子供のように部屋中を走り回ってしまった。

「キョウ君スイート取ったの!?」

「エグゼクティブスイートになります」

ポケットの中をゴソゴソ探るのに夢中なキョウ君に代わって新井さんがそう答え、私を大きなクローゼットや高級感のあるバスルームに案内してくれる。

サイドテーブルには冷えたシャンパン、ベッドの上にはバラの花束とチョコレートの箱。

キョウ君が演出してくれたサプライズに、私は嬉しいを通り越して興奮《こうふん》状態だ。

こんな経験は初めてなので、「うわぁ、うわぁ」としか声が出てこない自分が情けない。

「お食事はすぐお持ちしてよろしいですか？」

そう新井さんに尋ねられたキョウ君が答えた。

「あ、お願いします。あと新井さん……すいませんがコンドームひと箱、Lサイズのやつ」

「かしこまりました」

とりあえず私は聞こえなかったフリをしておいた。

トマトとモッツァレラチーズのカプレーゼ、オニオングラタンスープ、鶏胸肉《とりむねにく》のローストと野菜のグリル……

私たちはルームサービスで運ばれた食事を、もったいないぐらいの速さでシャンパンと共に胃袋に押し込んでいく。ここのお料理は空きっ腹には美味《おい》しすぎて止まらない。

「俺、一時期……エリナと別れた後、二か月くらいここに住んでたんだよ」

食事を終えて、私が「ホテルの人と知り合いなんだね」と振ると、キョウ君はそう答えた。

なるほど。私は、夜のドライブシュートを決めまくっていた頃のキョウ君が連れ込み宿として使っていたのかと疑っていたので、こっそり反省。

それにしてもこんな最高級ホテルに二か月も住んじゃうなんて、やっぱりキョウ君はお金持ちだ。

彼がこうやって夢のような体験をプレゼントしてくれたのはとっても嬉しいけれど、私はどうしてもお姫様になり切れない。

私の知っているキョウ君は、イーグル便で働くサッカー好きのキョウ君であって、莫大な契約金を稼いでいた一流アスリートではないからだ。

私の知らない頃のキョウ君を感じると、不安になる。

いつか自分の身の丈が彼と釣り合っていないと、思い知る時が来るのではないかと。

美大を卒業してから十年、米と鰹節《かつおぶし》で生活する極貧時代も経験したことのある私は、自分の力で生活するということにあまりにも慣れてしまっている。

人のお金で贅沢《ぜいたく》する生活は、居心地が悪いし、そもそも向いていない。

少しぼんやりしていたら、「タミちゃん？」とキョウ君が私の顔を覗《のぞ》き込んでいた。

「どうかした？」

「ううん……すっごく幸せ。キョウ君、ありがとう。……だけどこういうの慣れてなくって」

「タミちゃん、俺、前から言おうと思ってたんだけど……タミちゃんは俺と出会ってから今までずっと〝与える人〟だったって気がついている？　俺が望むものを全部くれた。セックスして、ご飯作って、洗濯して、泊めてくれて……いつも見返りを求めずに、何も求めずにただ与えてくれた。それって人間としてすごいことだよ。だから少しは俺にも何かさせてほしい」

「……うん、じゃあ……年に一回くらいで」

「オッケ！　年に一回、特別な日を作ろう。タミちゃん謝恩《しゃおん》感謝デー！」

なんだか大安売りの日みたいだと思いつつも、私は年一回のスペシャルを満喫しようと決めた。

◇

「キョウ君はサクラちゃんのこと、いつからそっちの人だって知っていたの？」

私はバスタブの中でキョウ君に体を洗ってもらいながら訊《き》いた。

〝タミちゃん謝恩感謝デー〟である今日は、キョウ君が甲斐甲斐《かいがい》しく私のお世話をしてくれるらしい。

泡立てたスポンジが、シャンパンで火照《ほて》った私の体の上をゆっくりと滑っていく。

「初めてジムで会った時から知ってた。本人がそう言ったし、タトゥー見せられたから」

「あ、あのタトゥー！　三角の……あれってそういう意味なんだ!?」

「日本じゃマイナーだけど、海外じゃ同性愛者を表すメジャーなマークだよ。海外に行くとバーやクラブの入り口に表示されていたりする。俺はプロの時に海外でも生活していたから、マークの意味は知ってたんだ」

「……」

どことなく楽しげなキョウ君の口調に、私は首をひねって背後にいる彼を見た。

やっぱり！　予想通り悪戯《いたずら》が見つかった子供のような顔をしている。

「キョウ君、わざと私にサクラちゃんがレズだって教えなかったでしょ!?」

「……だってサクラに嫉妬《しっと》してるタミちゃん、セックスの時めっちゃ激しくて綺麗《きれい》なんだもん。炎の女神とセックスしてるみたいだっブファッ！」

私はテヘペロみたいな可愛い顔をするキョウ君に大量にお湯をぶっかけてやった。

犬のようにブンブン首を振って水を飛ばしたキョウ君は素直に謝る。

「ごめんなさい。サクラとベロチュウしているタミちゃんにちょっと勃《た》ちまっブファッ！」

もう一度お湯をぶっかけてやった。

だけど許してあげよう。

いくらレズプレイに興奮《こうふん》しても、男であるキョウ君は浮気のしようがないのだから。

「はい、キョウ君の洗髪終わったから、次私の番ね。トリートメントまで丁寧に」

「かしこまりました、お姫様」

今日一日お姫様の私は、キョウ君に抱きかかえられながら頭を洗ってもらう。

キョウ君のシャンプーはなかなか上手だ。指の腹で円を描くように地肌をマッサージして、こめかみから後頭部に向かって撫《な》で上げてくれる。

リラックスしすぎて溶けていっちゃいそう。

「全部してあげるから寝てていいよ」

私がホンワリしているのを見て、キョウ君がそう言ってくれた。

お言葉に甘えて目を閉じ、彼に全てを任せる。

シャンプーの泡が流された後、トリートメントのいい匂いがやってきた。

今度は手のひらで髪を撫でられる感覚。

たぶん天国だってこんな素敵じゃないよ……

「……ぁ……」

トリートメントを終えたキョウ君の手が、私の乳房を撫でた。

ゆっくり、優しく乳首をコリコリと弄《いじ》られて、私は思わず目を開ける。

「ほら、目を閉じてリラックスしていて。マッサージ……今日は全部俺にやらせて」

キョウ君はそう言うと、お湯で湿らせたハンドタオルを畳んで、私の目の上に置いた。

蒸しタオルの気持ちよさと共に、私の腿《もも》をエロティックに触っているキョウ君の指が上にあがっていくほどに私の感覚が刺激される。

「……あ！　んふ……」

乳首に触れた柔《やわ》らかい感触。舌だ。

キョウ君の舌だって分かっているけれど、視界が塞《ふさ》がっているのでなんだか不安になる。

でもその不安がまた快感を引き出すのか、胸だけですごく感じてしまった。

舌と唇でおっぱいをたっぷり愛撫《あいぶ》しながら、キョウ君の指が足の付け根のくぼんだ部分を撫でていく。

「お姫様、どうしてほしいか言って下さい」

キョウ君の荒い息を含んだいやらしい囁《ささや》きが、私の耳元で響く。

「ここ？　それともここ？　……どこで感じたいか俺に教えて」

指先が私の恥丘《ちきゅう》の中に挿《さ》し込まれ、キョウ君はゆっくりとした動きで私の敏感な部分を探っていく。

視界が塞がり肌の感覚だけに集中している私は、そんな優しい刺激にも呼吸を震わせる。

クリトリスをゆっくり、ゆっくり、円を描くように弄られ、内心「もっといっぱいして」と焦《じ》れる。ふと彼の動きが止まり、私は思わず足をイヤイヤとばたつかせた。

「言ってくれないと……分かんないな。ここ？」

「……ん、そこ……」

「ここは?」

「そこも……」

「中も、外も、奥も?」

「……ん……全部……指でいっぱい触って、キョウ君」

「お姫様は欲張りだ」

キョウ君が私の耳に唇を当てながら囁《ささや》いた。

いつも聞いている優しい声も、目隠しされているせいでなんだかすごくエッチだ。私はキョウ君に全てを任せながら息を荒くしていく。

ギターの弦を弾《はじ》くようにクリトリスを刺激され、私はその度に体をビクビクと痙攣《けいれん》させた。

次第に指の動きは速さを増して、私は喉《のど》の奥から声を漏《も》らす。

「……タミちゃん、今日は声我慢しないで」

「ぁぁ……あんあ、あぃ……ぃんん」

「……いっぱい気持ちよくなって……俺に声聞かせて」

「……っ!　ぁあん!」

私はキョウ君の指先一つでコントロールされ、やがて体全体を支配されていく。

「いぃ……キョウ君、だめぇ……イっちゃうよぉ」

「いいよ。何回でもいやらしくイって。俺も見てるだけで……気持ちよくなれる」

彼のその声で、私のたがが外れた。

「あ!!　ああっぁぁ………」

ダムが決壊するように制御していた快感が溢《あふ》れる。私はバスルームに声を響かせながら、あっと言う間に駆け上った。

ビリビリと甘い痺《しび》れが敏感な部分から全身へと一気に広がり、快感が足の爪先から脳までを満たして爆発した。

私は絶頂の余韻《よいん》の中で時折痙攣しながら、静寂に体を漂《ただよ》わせる。

その静寂の中を、「はぁ、はぁ、はぁ」というキョウ君の荒い呼吸が満たしていく。

私が不審に感じて目の上のタオルを取ると、私の目にキョウ君のいきり勃《た》ったソレが飛び込んできた。

キョウ君、自分で一生懸命上下に擦《こす》っている。

彼は私と目が合うと、苦しそうに笑って言った。

「もう出る。おっぱいに……出していい？」

「うん」

私の返事を待たず、キョウ君は白濁した液体を私に向けて放つ。

「く、ぁ」

小さな呻《うめ》きと共に放たれた精液はすごい勢いだった。まるでおっぱいに刺さるように飛んできてびっくりした。

「キョウ君……あの、普通、こんな勢いが良いの？」

「あ、え？　気持ちよかった。ごちそう様」

人の話を聞いていない。

すっきりした様子で、彼はシャワーで私に付着した大量の精液を洗い落としていく。

「キョウ君、自分でしなくてもよかったのに。私、口でするのも平気だよ」

「ん？　ああ、なんか風呂場に響くタミちゃんの声聞いてたら、たまんなくなってさ。俺、最近ちょっと早いからイッパツ抜いといた方がいいんだよ」

キョウ君は恥ずかしそうに言いながら、内緒話のように声を潜《ひそ》めて囁《ささや》く。

「タミちゃん、ジム通い出してからどんどん締まりが良くなってるの、自分じゃ分からないだろ？　タミちゃんのここ、搾《しぼ》り取るんだよ。マジ、ヤバイ」

う……そうなのか？　私、搾り取っちゃうのか？　なんだか妖怪みたい。

それにしても私が搾り取って、キョウ君があの勢いで出したら、ゴムなしだと確実に妊娠しそうなイメージだ。

「さ、お姫様、髪乾かしてあげるから……それからまた気持ちいいことしよう」

キョウ君に連行されるように手を取られ、私は彼と共にベッドルームに移動した。

「お姫様、どうしてほしいか言って下さい」

フカフカのベッドを覆《おお》う真っ白なリネンの上で、キョウ君は私にさっきと同じ質問をした。

私はキョウ君に膝枕をしてもらいながら、（どうしよっかな）とエッチなたくらみを立てる。

キョウ君の腿《もも》は筋肉がつきすぎてちょっと寝心地が悪いけれど、彼は先ほど丁寧にドライヤーで乾かした私の髪を今度は櫛《くし》で梳《と》かしてくれているのだから、文句は言えない。

「私、お姫様じゃなくて……女王様になりたいな」

悪戯《いたずら》っぽくそう言った私の言葉に、キョウ君の手が止まった。

「マジで？」

「ん～……キョウ君を性奴隷として使いたい」

「性奴隷……ですか。女王様……」

フフフ……と私は意味深な笑顔で体を起こすと、キョウ君のちょっとだけ勃《た》っているモノを手のひらで包む。

彼も私もホテルの高級バスローブをひっかけているだけで、前ははだけっぱなし。お触り自由だ。

私が小指、薬指、中指と順番にゆっくりと握っていくと、それはたちまち手の中で大きくなっていく。

これを綺麗《きれい》だなんて表現する女性は少ないかもしれないけれど、私はいつもキョウ君の大きくなったモノを見ると綺麗だなって思う。

それはキョウ君の日焼けした肌と同じ色で、そこに浮き出た血管ははち切れそうに盛り上がっている。皮のたるみはほとんどなくて、とんがっている先だけ淫靡《いんび》に赤い。

「使っていい？」

「どうぞご自由に。女王様、あなただけのものです」

私たちは顔を見合わせてクスリと微笑《ほほえ》む。お互いが役割を楽しんでいるのを確認すると、私は彼の筋肉に覆《おお》われた逞《たくま》しい胸を押してそのままベッドに寝かせた。

そして彼に跨《また》り、すでに反《そ》り返っているモノを奥まで咥《くわ》える。

キョウ君が小さく呻《うめ》くのを心地よく聞きながら、私は軽くそれを口でしごき、コンドームをかぶせた。新井さんが用意してくれたLサイズだ。

私は準備のできたそれを自分の中に導いた。

押し広げながら入ってくるそれは、私の隙間を全部満たしていく。

快感と同時に、失くしていたものが戻ってきたような安心感。

「ああ、タミちゃん……ほら、すごく締めつけてる」

キョウ君が切なそうな声で訴えたので、私は「性奴隷は喋っちゃダメだよ」と言って、自分の口で彼の口を覆った。

繋がりを意識しながら、キョウ君にいっぱいキスをする。

愛おしい。こうして上からキョウ君を見下ろしていると、彼の全部は自分のものだっていう征服欲が湧いてきて、いっぱい、いっぱい、感じさせてあげたくなる。

私、自分が感じるのも大好きだけど、こうしてキョウ君が眉を寄せて快感に翻弄《ほんろう》される姿を見るのも大好きだ。

私はキョウ君を見つめながら、腰を動かして自分の中を擦《こす》った。

大きいキョウ君のモノに内臓を持ち上げられるようで、息苦しい。

だけどもう私の体は彼のサイズに慣れ、この苦しさがすぐに快感に変わるのだと知っている。内からどんどん蜜が垂《た》れてきた。

「ん、あっぁぁ……あぁ」

「ん、ん……」

体を反らし気味にして、私は自分の感じる部分をキョウ君のモノで執拗《しつよう》に擦り続ける。

膣《ちつ》を押し広げるキョウ君のそれはギシギシと窮屈な音を立てるほど大きいのに、実際に鳴っているのはクチュ、クチュという滑らかな水音だ。

こんな大きなモノを受け入れて、しかも快感を得ることのできる自分の体に誇らしさまで感じる。

私の体はキョウ君のためにある。

そう思いながら、彼の体に自分の敏感な部分を擦《す》りつけるように動いた。

すると、キョウ君の人さし指がそっと私の秘部に当てられる。

彼の指は私が上下するたびにそこをコリコリと刺激する。

私は溺《おぼ》れるかのごとく喘《あえ》ぎながら快感の波に呑まれていく。何度も体に痙攣《けいれん》が走り、白いスパークが連続して脳で弾《はじ》けた。

気持ちいい、気持ちいい。ああ……それしか考えられない。

快感に支配されて、私たちは叫びながら同時に達していた。


「愛し合うって……すごいな」

長く余韻《よいん》を引いていた気だるい快感が遠ざかって、穏やかな眠気がやってきた時だった。

私を腕枕しながら横になっていたキョウ君が呟《つぶや》いた。

私は甘いまどろみから顔を上げ、隣にいるキョウ君を見る。

あまりに近すぎて彼の表情はよく見えない。

「タミちゃんは信じられないかもしれないけど……俺、エリナと結婚した頃からもうセックスとかどうでもいいやって思っていたんだ。一応性欲はあるけどさ、結局は挿《い》れて出すだけじゃん。極論、オナニーで出しても気持ちいいしその方が面倒くさくないし、それでいいやって思ってた」

「……うん」

私はいつものようにキョウ君の硬く締まった足に自分の足を絡ませ、彼の胸に耳をつけてその言葉を聞いていた。キョウ君の穏やかな声は耳に心地いい。

「だけどタミちゃんとヤったら全然違っていた。自分の理性とは関係なしに、本能がタミちゃんと一緒になりたがる。奥まで全部を入れて、溶け合って一つになりたいって……もっともっとって怖いくらいに求めるんだ。最初からそうだったけど、体を重ねるごとにそういう思いが強くなる。最初は単に体の相性がいいからだと思っていた。でも違う。タミちゃんに恋をして愛したからなんだ……こんな単純なことに最近気がついた」

私はキョウ君の言葉に胸がいっぱいになって、何も言えずにいた。

キョウ君の顔がちゃんと見たくて体を起こそうとしたけれど、彼の腕が私を固く抱きしめてそれを許さない。

「タミちゃん、こっち見ないで。マジで恥ずかしいんだ、こういうこと言うの。でも……夫婦になる前に言っておきたい。俺と出会ってくれてありがとう」

高鳴った心臓の鼓動《こどう》が一瞬止まり、これまで刺激されまくっていた私の涙腺《るいせん》は決壊していた。

キョウ君がくれた言葉が嬉しくて、もったいなくて、私は彼の腕の中でぽろぽろと涙を零《こぼ》す。

「……私は……キョウ君から……」

私だってキョウ君から、溢《あふ》れるほどの贈り物をもらったんだよ。

女としての自信、仕事への姿勢、美味《おい》しそうに食べてもらえる喜び、笑いの絶えない毎日、守られている安心感……いっぱい、いっぱいの愛情。

言いたかった言葉が涙で上手く伝えられない。

キョウ君は私の頭をよしよしと撫《な》でて、「タミちゃん、泣かないで」と小さく囁《ささや》く。

「泣かないで。今晩はすごく楽しい夜にしたいんだ。〝タミちゃん謝恩《しゃおん》感謝デー〟だからね」

そう言った彼は、体を起こして私の上に覆《おお》い被さる。

そして太枝《ふとえだ》のような四肢で私を虜《とりこ》にすると、いつもの悪戯《いたずら》っ子のような笑顔を見せた。

「幸い、俺はタミちゃんの涙をどうすれば止められるのか知っている。これからずっと、タミちゃんが泣くたびに俺はこの方法を行使するから」

彼の形のいい唇が私の涙を拭《ぬぐ》った。

私たちはお互いの体を擦《す》り合わせつつ密着させ、その隙間を埋《う》めていく。キスを重ね、愛撫《あいぶ》を重ね、その熱で溶けて二人が一つになるように、私たちはいつまでも愛し合った。


次の朝、キョウ君が起きたのは朝の六時。

深夜三時頃までセックスをしていたけれど、無計画な〝タミちゃん謝恩感謝デー〟なので、キョウ君は今日もばっちり仕事だ。

最高級ホテルのエグゼクティブスイートからもイーグル便に出勤する、キョウ君のそういう真面目なところが私は大好きだったりする。

「タミちゃんはそのまま寝てて。八時に朝ご飯を頼んであるからそれだけ受け取ってね。チェックアウトは十二時に延長したから……鍵《かぎ》を返す時に新井さんに一言お礼言っといてほしい」

「うん……分かった。気をつけてね」

確かに新井さんにはお世話になった。Ｌサイズのコンドームだけじゃなくて、イーグル便とサッカーのユニフォームを夜クリーニングに出して早朝仕上がるように手配してくれたのも彼だし、キョウ君が朝早く出るのを知って、クリーニングに出したユニフォームと共に焼き立てのパンをパックに詰めて他のスタッフに届けさせたのも彼だ。

キョウ君は寝ていていいと言ったけれど、そんな愛想のない見送り方はできないので、私はドアまで行ってハグハグ、キスキスを繰り返す。

「もうダメ、行かないと遅刻する」とキョウ君にやんわり押し戻されたので、下唇を突き出して拗《す》ねたら、下唇をペロリと舐《な》められた。

「続きは今晩！」

そう言い残してキョウ君は行ってしまう。

（寂しいじゃないか、バカ）

余計に広く感じるベッドに戻り、一人キョウ君の残り香を探すように枕に顔を埋《うず》めて思う。

恋をするって切ない。

激しく求め合って、一緒に住んで、結婚の約束をして……これ以上ないほど与えられているのに、キョウ君が目の前にいないと迷子になった気分だ。

たぶんこういう気持ちはキョウ君と一緒にいる間、ずっと続くのだろう。

愛するって幸せだけど、切ない。


セレブ気分でガウンに包《くる》まって朝ご飯を食べ、十二時ぎりぎりまで豪華な部屋でのんびりしてからロビーに下りた私は、探すまでもなく新井さんを見つけた。

新井さんもまるで待ち構えていたように私を見つけて一礼してくれる。

「中城様、ゆっくりしていただけましたでしょうか？」

「はい。新井さんのおかげで色々助かりました。お世話になりました」

キョウ君がLサイズのコンドームとか頼んだせいで「色々」の意味合いが微妙で赤面してしまうが、新井さんは「お役に立てて良かったです」と爽《さわ》やかな笑顔で応えてくれる。

「中城様、もしお時間がございましたら、ご案内させていただきたい場所があるのですが」

「え？……はい」

キョウ君が全ての支払いを済ませてくれていたので、鍵《かぎ》だけ返却してチェックアウトし、私は言われるがまま新井さんの後について歩いた。

エレベーターで二階まで上がると、どこからか荘厳《そうごん》な歌声が聞こえてくる。

「今日はゴスペルの練習日なんです」

彼はそう言って重厚な扉を開く。

そこは厳《おごそ》かな雰囲気が満ち溢《あふ》れたチャペルだった。

よく磨かれた大理石のヴァージンロードが美しく、ドーム型の天井はヨーロッパの小さな教会を思わせた。

祭壇の端では、いかにも練習中といった私服姿のシンガーが、十人ほどピアノを囲んで歌っている。

「挙式はガーデン挙式と神前式もできます。よろしければそちらもご覧になられますか？」

「いえ……あの……」

ホテルの営業なんだろうけど困ってしまう。

結婚はともかく挙式の話なんて一切出ていないのに、ここで張り切って頭にお花を咲かせたら、勇《いさ》み足で怪我をしてしまいそうだ。

「よろしければ当ホテルの衣装室にご案内して、ウェディングドレスの試着もしていただけます」

「いえ、……予定ないので……」

「そう思っているのは中城様だけではないでしょうか？」

「え？」

「京野様の方から〝新井さんからさりげなく勧めてみて下さい。俺からだと変に遠慮する時があるから〟とリクエストをいただきました。当ホテルのコンシェルジュとして、可能な限りお手伝いはさせていただきますが、さりげなく、とは大変難しいものです」

「……」

時々思うけど、キョウ君ってなかなか鋭い。

もし彼に「結婚式どうする？」ってストレートに訊《き》かれていたら、「キョウ君は二回目なんだし、私もそういうガラじゃないから身内でお食事会でもしようよ」と答えていただろう。

『素敵なホテルで盛大に』なんて口が裂けても言えない。たとえちょっぴり憧れていたとしても。

私が真っ赤になって顔を上げられないでいると、新井さんはさらに畳みかけてきた。

「京野様は中城様のウェディングドレス姿が見たいそうですよ。〝でも男が率先して準備すると嫌がられますよね。やっぱり女性の夢だし…〟と仰《おっしゃ》っていました」

もうなんだか……幸せで……

キョウ君と付き合う前までは、どんなに悔しくても悲しくても反応しなかった涙腺《るいせん》なのに、ここ最近はどうも緩《ゆる》みがちだ。

私は新井さんが差し出してくれたハンカチで、顔を隠してしばらく泣いていた。

◇

タミちゃん謝恩《しゃおん》感謝デーから約一週間が過ぎた月曜日の朝。

ベランダから空を見上げると、雲一つない快晴だった。

(お洗濯日和！　シーツ洗わなきゃ)

私は軽くストレッチをしながら、深呼吸をして朝のまだ汚れていない空気を肺に行き渡らせる。

爽《さわ》やかな一日の始まりだ。

私がシーツを剥《は》がしに寝室に入ると、そこには冬場にもかかわらず丸裸で寝ている男が一人。

仕事がお休みのキョウ君は、のんびりモードで眠りを貪《むさぼ》っている。

じっと見つめその鍛え上げられた綺麗《きれい》な肉体を堪能《たんのう》していると、タンスの上に置いてあったスマホが鳴った。

キョウ君を起こさないよう慌てて手に取り通話ボタンを押したけれど、私は通話口から聞こえてきた声に思わず大声を返してしまう。

『西園寺です』

「ヘンタイ!!」

『……中城さん、いきなり変態呼ばわりは……さすがに傷つきます』

「ご、ごめんなさい」

あの日以来、私の頭の中では、〝西園寺＋茂三＝変態〟の公式が出来上がっていて、反射的に声に出てしまったのだ。

自分の失礼すぎる発言を反省していたら、西園寺先生が例のくぐもった密《ひそ》やかな声で言う。

『いえ、中城さんが謝ることはないのです。僕は実際、自己犠牲に快楽を見出し、苦痛に依存する性的フェティシズム傾向にあるのです。これはマゾヒスティックとも言える現象で……』

「分かりました。はい、それで？」

自分がどれだけ変態であるかを格好よく解説し始めた茂三、もとい西園寺先生を私は遮《さえぎ》った。

大声を出してしまったせいか、ベッドではキョウ君がもぞもぞと動き始めている。

『まず一つ。私は中城さんに謝罪しなければいけません』

電話口から西園寺先生の静かな声がそう言ったので、私は例の銅版画がボツになったのだろうと覚悟を決めた。先生の股間を蹴り上げた瞬間から、それは予想していたことだ。

だけど彼が続けた言葉は予想に反していた。

『私はあなたを汚そうとしてしまった。中城さん、あの時僕はあなたの絵の虜《とりこ》となり、魂《たましい》を奪われていたのです。どうぞ僕の行いを許して下さい』

「……そのことなら……私もやり返したので、お互い忘れることにしましょう。あの、それより例の銅版画は……」

『もちろん表紙はこの前お伝えした通りで進めて下さい。榊山さんにはもうそのように話を通して、出版社のゴーサインも出ています』

私は呆然としてスマホを握り締めていた。

私がよっぽど間抜けな顔をしていたからか、起き出してベッドルームから出ようとするキョウ君が通りがかりに私のほっぺを摘《つ》まんでいった。

そのおかげで私は正気に戻り、慌てて「ありがとうございます」と西園寺先生にお礼を言う。

『もう一つ、中城さんにはご相談があるのです』

「はい……」

ドMな大作家先生に〝ご相談〟と言われて私は身構えた。

キッチンからはふんわりと卵が焼ける匂いが漂《ただよ》ってくる。

『実はこの間、友人と会ったのですが、彼女が中城さんの絵を見てすごく気に入ったんです』

「へ、あ、はい」

『山科《やましな》マロンってご存知ですか？　彼女なのですが』

ご存知も何も、私たちの世代で彼女を知らない人はいないというくらい、有名な女性ロックシンガーだ。いつもボンデージ風ファッションに身を包み、ギター片手に激しいパフォーマンスを披露《ひろう》する彼女は、〝ジャパニーズロックの女王様〟の異名を取る……ってもしかして彼女は本物の〝女王様〟なのだろうか……いや、そのへんは気にしないでおこう。

『彼女、次回のＣＤジャケットを手掛けてくれる個性的なアーティストを探していて、ぜひ中城さんにお願いしたいと……』

山科マロンのＣＤジャケット……ドラマの主題歌やＣＭソング、年末の大型歌番組にだって出場したことのある人のＣＤジャケット……

突然目の前に巨大な山がそびえ立ったような感覚に、私は呼吸を忘れた。

超人気作家の仕事も巨大な山だったけれど、メディアへの露出が多い彼女の知名度は、有名作家よりも格段に高い。

そんな彼女との仕事ともなれば、私の作品も必然的に注目されるだろう。

クラクラしながら視線をさまよわせた私は、キッチンで背中を向けているキョウ君に目を止める。

私の視線に気づいたのか、彼は半裸姿で慎重に卵を焼きながら振り返った。

「もう焼けるよ」とばかりにフライパンの中身を私に見せて、キョウ君は無邪気に微《ほほ》笑《え》む。

ああ、大丈夫。

何を怖がっていたのだろう。

喉《のど》につっかえていた塊《かたまり》が消えてなくなり、私はキョウ君に笑ってみせる。

「ぜひ一度、山科マロンさんにお会いさせて下さい」

私はお礼を言って電話を切り、キョウ君の待つ食卓に向かった。


「タミちゃん、もう少ししたら、日曜、月曜の休みに一日有給くっつけて三連休取れると思うんだ。だから一回新潟行かない？」

「え？」

朝ご飯を食べ終えて、二人で食器を片付けていると、キョウ君がぽつりと言った。

「ほら、夏って言ってたけど……よく考えてみたら、大切な娘さんと同棲《どうせい》させてもらっているのに、挨拶《あいさつ》しないのはタミちゃんのご両親に失礼だし。子供サッカーのコーチ代理を一日頼めそうな人が見つかったんだ」

「……うん……じゃあ」

せっかくキョウ君が色々考えてくれているのに、私の返事はパッとしなくて申し訳ない。

家族に彼氏を紹介するって、想像するだけでも恥ずかしい。

私に負けず劣らずイケメン好きの母親は、村祭りでも開催しかねないほどに興奮《こうふん》するだろうし、父親は昔、姉が彼氏を紹介しただけで「娘を頼む」と男泣きした伝説を持つ。この冬、その伝説が蘇《よみがえ》るのは間違いない。

（うはー……キョウ君との結婚、なんだか現実味を帯《お》びてきたなぁ）

そう思うと、くすぐったくてムズムズしてしまう。

キョウ君はまだ何か言いたげだったけれど、シーツを洗っていた洗濯機がピーピーと鳴って終了を知らせてきたので、私は彼を放置してそちらへ向かった。

洗濯機からシーツを取り出しながら、私はぼんやりと今の自分の状況に思いを馳《は》せた。

振り返ってみると、人生って不思議だ。

この間まで壊れた時計に支配されたような、毎日変わり映えのしないくすんだ日々だったのに、キョウ君と触れ合った時から、私の世界は動き出し、錆《さび》を落とし、輝き始めた。

時間にも余裕ができて、以前よりもバランスの取れた生活を送っている。たぶんキョウ君と出会っていなければ、私は相変わらず安い小さな仕事に蝕《むしば》まれる生活をしていただろう。

別方向に舵《かじ》を切ってみた仕事もどうやら順調に進みそうだし、今はキョウ君のお弁当を作ったり、日曜日にはサッカーを見に行ったり、ジムにもきちんと行けるようになった。

ジムと言えばサクラちゃん。

彼女とはあんなことがあった後も変わらずジムで会う。

そしてチョモッチとももジムで会うようになった。

チョモッチがサクラちゃんを追いかけて入会してきたのだ。

年配の人が多かった昼のジムで、若い友達が増えたのは嬉しい。

一度昼で繋がったせいか私たちはけっこう気が合って、今度キョウ君と一緒に、サクラちゃんとチョモッチが働いているレズビアンバーに遊びに行くことになっている。

友達と言えばえっちゃんだけだったのに、不思議な縁だ。

思えば七月二十一日の暑かった私の誕生日、アイスクリームの魔法が悪戯《いたずら》をしてキョウ君と私を繋げてくれた。

そして今、私たちは結婚の話をしている……

私は絡まっていたシーツを解《ほど》くと、ベランダへ持っていった。

シーツを干していると、キョウ君もやってきて手伝ってくれる。

高い物干し竿にシーツを干すのはいつも至難の業《わざ》なので、背の高いキョウ君が手伝ってくれるとすごく助かった。

ただ、二人でベランダに立つと、鉢植えなどもあるのでかなり狭い。

「タミちゃん、前から考えていたんだけどさ……タミちゃんさえよければ……引っ越さない？」

「え⁉」

私は彼の言葉に、思わず手を止めた。

「いや、タミちゃんがここが気に入っているんだったら俺もそれでいいんだけど……前はもっとベランダでたくさん花育てていたのに、俺の洗濯物が増えてから減ったじゃん。結婚して子供できたらもう少し広い方がいいし、小さくても庭のある一戸建てに引っ越したらどうかな、と思って」

やっぱりキョウ君って何げに鋭い。

お花が少ないのは、春に新しく種を植える場所を空けているせいだけど、本当のことを言うと次の春は種蒔《たねま》きができないかもと思っていたのだ。

とにかく洗濯物が増えて、ベランダガーデニングなんて贅沢なことをするスペースがなくなってきた。

キョウ君が毎日ドロドロにしてくるイーグル便やサッカーのユニフォームだけでなく、シーツの洗濯頻度がかなり高くなったのだ。

言うまでもなく二人で暮らし始めて、〝お布団活動〟が活発になったせいである。

ベランダの物干しにシーツを掛けるのはけっこう大変なので、お庭で干せれば楽だろうなと夢想する。ガーデニングだって思う存分楽しめるだろう。

マンション住まいは共益費や修繕積立金がそれなりの出費になるので、ここを売って一戸建てに引っ越すのは悪くないかもしれない。

「一戸建てだったらタミちゃん声我慢しなくていいし……風呂でももっとヤれるじゃん。それで子供いっぱい作って……フグゥ！」

私は思わず手でキョウ君の口を押さえてしまった。

ベランダでの会話は上下左右に丸聞こえだ。

キョウ君が静かになったところで手を下ろす。

私はキョウ君の口からそっと手を離すと、代わりに唇を重ねた。

キョウ君の逞《たくま》しい二つの腕が私を守るように包み込む。

まるでこの指輪みたいだと、私は彼のキスを受け止めながら、自分の左手の薬指を眺《なが》めた。

太陽の光を受けてダイヤモンドが輝く。

（いや、私がダイヤモンドじゃなくて、キョウ君がダイヤモンドか）

そう思い直すと、私はキョウ君の硬く締まった体を抱きしめた。

書き下ろし番外編

ラブレターのＡＢＣお届けします

イラストレーターの私にとって、人体デッサンは欠かせない。

特に美しい肉体を持つ恋人と一緒に暮らしていると、デッサン用鉛筆の減りは早い。

「タミちゃん……こっちにおいでよ……もう、寝よ……」

「うん、もうちょっと……」

ベッドの上で寝そべる恋人が気だるげに私を誘う。

彼の長い睫毛《まつげ》は今にも双眸《そうぼう》を覆《おお》い隠してしまいそうに揺れ、形のいい口元は薄く開いて寝息混じりだ。

「タミちゃんはセックスのあと……俺を描いてることが多いよな」

「だってキョウ君が一番綺麗《きれい》な時なんだもん」

素肌にキョウ君のTシャツを纏《まと》っただけの私は、ベッドの端に座ってデッサン帳に向かっている。たった今、全身を使った素晴らしい愛の行為を終えたばかりで、私の体だって半分蕩《とろ》けたままだ。

それでも今日はまだ余力が残っているほう。キョウ君の野獣スイッチが入っている時は、いつの間にか意識を手放して朝を迎えることも多いのだから。

「キョウ君は寝ていていいよ。今日はもう少し描いていたいから」

私の右手はせわしなく鉛筆を動かし続ける。

激しい動きから解放されたばかりの彼の筋肉はまだ熱を持って皮膚を押し上げ、汗の光沢《こうたく》が力強い骨の出っ張りを強調している。幅広い肩から続く上腕二頭筋《じょうわんにとうきん》は男らしいのに、引き締まった腰のラインはとてもセクシーだ。

皮膚の下に隠れる血管、ごく薄い体毛、現役時代に負った足の傷跡まで何もかもが完璧で尊い私のキョウ君。

「ん……描き終わったやつ、また見せてな。タミちゃんが描く俺、カッコよくて好きなんだ」

はぁう、と犬のように一つ大あくびをして、キョウ君はまどろみに片足を突っ込みながら私に微笑《ほほえ》む。

手を伸ばして彼の額《ひたい》にかかった髪を撫《な》でたら、手首を掴《つか》まれて引き寄せられた。

「体力残ってるんだったら、もう一回襲っちゃうよ……」

私の鼻の頭をぱくんと食べて彼はいたずらっぽく言う。だけど大きな目がいつもの半分しか開いていない。本当に欲しい時は、この瞳がもっと異様に輝くのを私は知っている。

「何言ってるの、キョウ君今にも寝ちゃいそうな顔してるよ。〝ラブレター〟描き終ったら私もすぐに寝るから」

「ラブレター？」

「そう、私のデッサンはキョウ君へのラブレター。いっぱい好きを込めて描いてるから」

「ラブレターか……俺、愛されてるな」

「うん、愛されてるよ」

私が微笑《ほほえ》むとキョウ君も微笑む。

やがてその笑みを端整な顔に残したまま、彼は眠りの世界に落ちていった。

◇

仲のいいカップルだと我ながら思う。

アイスクリームをめぐる不思議な出会いから紆余曲折《うよきょくせつ》を経て婚約にまで至った。これから三十年、四十年、死が二人を別《わか》つまで共に歩んでいくことを考えると、婚約なんて小さな通過点の一つにしか過ぎないけれど、私は一生キョウ君を愛し抜く自信がある。

これほど私という人物を理解し、自然に受け入れてくれる男性はキョウ君をおいて他に現れないだろうし、彼ほど男性として魅力的な人物は私の千里眼《せんりがん》で見渡してみてもいない。

だけどキョウ君はどうなんだろう？

私にプロポーズしたことを、ちょこっとでも後悔したりしていないだろうか？

そんな不安が頭をよぎったのは、彼が〝予定外の用事〟を乱発しだしたことがきっかけだった。

普段のキョウ君の行動は実に読みやすい。

イーグル便のお仕事が終わったら、サッカーの練習かジムでのトレーニング。ジムは私たちが住んでいるマンションの一階にあり、私自身も会員だ。週末はボランティアでサッカー教室を主宰していて、空いている日はだいたいサッカーの試合で埋《う》められる。

どんぶらこっこと流れてきたサッカーボールから生まれた人なのだ。

キョウ君は私と一緒に過ごす時間が少ないことを気にかけて、ジムに一緒に行ったり、サッカーの試合観戦に誘ってくれたりと気を遣ってくれている。普段は用事が終われば真っ直ぐ帰宅してくるので、私はその日の予定など聞かなくても彼の行動を把握することができていた。

ところが最近、サッカーの練習がない日にキョウ君の動きが不審なのだ。

ジムにいるはずなのにジムにいない。電話をかけてみると電源が切られている。彼が帰宅してから何をしていたのかと尋ねれば、「古い友達とばったり会って長話をしていた」とか「仕事の打ち合わせが長引いた」とか「急にサッカーの練習が入った」とか、どうも取ってつけたような理由を並べる。

しかもキョウ君のイケメン顔には〝嘘です〟と書いてあるのだ。

京野ジェットという人間は嘘をつくのが本当に苦手で、本人もそれを自覚している。嘘をつくなら苦手意識を克服してからにしてほしい。嘘なんだと思いながらも「そう」と納得したフリをする私はたまったものではない。

二人でダイニングテーブルで向かい合い、遅めの晩ご飯を頂きながら、私は自分の知らないキョウ君を想う。

キョウ君はバツ一だ。元奥さんは超綺麗《きれい》なハーフのモデルで、昔の彼は物凄く遊んでいたらしい。そういう世界を一度経験すると、ふと（昔はよかった）的な発想になったりするのではないだろうか？

プロを引退して昔ほど有名ではなくなっているものの、キョウ君がその気になれば今だってちょっとしたハーレムは築けるだろう。なにせ彼は鍛え抜かれた肉体にアイドル並みのルックスを持ち、その上枯渇《こかつ》することのない油田のごとき性欲の持ち主なのだ。

股間のブツだってカリスマ的で、その神々しさには尼さんだって手を合わせたくなるような存在感である。

「この魚のフライ、めちゃ美味《うま》い。ご飯おかわりしようかな」

私がキョウ君の股間に思いを馳《は》せているあいだ、当の本人は勢いよく食事を進めていた。

こうやって私の料理をとっても美味《おい》しそうに食べてくれるキョウ君が大好き……もし彼が浮気していても、きっと私は何も言えないだろう。好き過ぎるって厄介だ。

「フライは安売りの鱈《たら》なんだけどね、ベランダで作ったシソのソースで下味をつけてあるの。ご飯おかわり入れるね」

私は空になったお茶碗を手に立ち上がる。

「ありがとう、少なめでいいよ」と何気なく返事をしたキョウ君の声に、私の苛立《いらだ》ちが揺さぶられた。

「ああそっか。キョウ君、最近仕事帰りにジムに行ってないもんね。運動足りないよね」

私が炊飯器からご飯をよそっているあいだ、奇妙な静寂がダイニングキッチンに満ちた。

――早く何か言ってよ、きちんと言い訳してよ。

ご飯を盛ったお茶碗を彼に手渡しながら、私は視線で訴えた。嘘をつくならそれでいい。だけど私が愛想笑いができる程度には、上手に嘘をついてほしい。

「……そうだな。最近ジムに行く時間取れなくて運動不足かも……」

キョウ君はお茶椀と箸《はし》をテーブルに置いて、困ったように微笑《ほほえ》んだ。

「食事の途中だけど、運動不足、解消しようか」

「キョウ君!?」

大きな手が私の肩を掴《つか》む。引き寄せられると私の体は意識するまでもなく、背中を反《そ》らせて唇を受け止める体勢になった。

口と口が隙間なくぴたりと重なったあと、何度も角度を変えてお互いの唇を食《は》む。彼の舌が私の口角を舐《な》めたのを合図に、私たちは互いの口腔《こうこう》に侵攻し舌を絡ませ合った。

脳が甘さに浸っていく感覚に、体のあちこちで官能が目覚めていく。

私の体はあまりにもキョウ君に教育されてしまっている。どんなに性急に求められても、この瞳に囚われたなら私の体は自然と受け入れる準備を整えだすのだ。

頭では彼がセックスで嘘をごまかそうとしているのが分かっているのに、体はそれを拒絶できない。不安を快楽で打ち消してしまいたい。

私の両足が床から離れ、胴に彼の逞《たくま》しい腕が巻きついてくる。

私は軽々と横抱きにされると寝室に運ばれた。何度キョウ君にこうしてベッドに連れてこられただろう。神殿に供物《くもつ》を捧げるように運ばれる時、私はいつだってえも言われぬ幸福を感じる。

「キョウ君……今日は激しくして……」

ベッドの上で服を脱がされながら、私は彼の耳元でそう願った。

広い肩が一瞬強張《こわば》ったのを手のひらに感じる。男らしい喉《のど》が上下に一つ動いたあとキョウ君は私の目を覗《のぞ》き込んだ。

「途中で逃げるなよ」

カチリ、と彼の野獣スイッチが入った音が聞こえた。

乱暴にショーツが脱がされ、すぐに彼が挿《はい》ってくる。

肉を押し広げながらやってくる熱に私は呼吸を忘れた。

的確に奥のいいところを先端でとらえたキョウ君は、そこを集中的に突き上げる。

「あっ……あぁぁ、キョウ君、キョウ君……」

乱暴に揺さぶられながら私は彼の名前を何度も呼んだ。

みんなは彼を〝ジェット〟と呼ぶ。〝キョウ君〟と呼ぶのは私だけで、人気者の〝ジェット〟は誰かと共有できても〝キョウ君〟は私だけのものだ。

腰を強く掴み、彼は己をねじ込む。一突き、一突き、私はキョウ君の存在を体の奥に刻み、悦《よろこ》びに声を震わせた。

乱暴な動きだけど彼は私の限界を知っている。決して苦痛にならないギリギリのラインで体を蹂躙《じゅうりん》され、鋭い快感が呼び起こされる。

「タミちゃん……煽《あお》ったのはそっちだからな。悪いけど容赦《ようしゃ》しないよ」

息を弾《はず》ませながら私を見下ろした彼は規則的な動きを止めると、今度は根元までソレを打ち込んで私の一番深い部分をかき回し始めた。子宮の入り口を撫《な》で回され、快感が全身を支配していく。

「……気持ちいいよ……キョウ君……」

両手を伸ばすと、すぐに鍛え上げられた腕にぎゅっと抱きしめられた。

溶けていく――

思考も理性も溶けて蒸発し、二つの肉体が一つの単純な塊《かたまり》となる。

これでいい……。不安を打ち消し、私はただ愛おしい肌を、髪を、唇を、香りを貪《むさぼ》る。

キョウ君、キョウ君と名を呼びながら何度も達し、私は知らないあいだに眠りに落ちていた。

◇

『今日の仕事帰り新しいジーンズ買いに行くから、帰り少し遅くなる』

そうスマホにメッセージを受け取った時、私は近所のショッピングセンターにいた。

キョウ君の不審な行動が続いて早三週間。どうせ今日もジムをサボってどこかで誰かと会っているのだろうと予想はしていた。帰宅が遅くなるとメッセージをしてくるのも、もう想定内だ。

こんな状態で一人、彼の帰宅を待っていると気持ちが落ちていくばかり。だから私は買い物に出てきたのだ。

家から二十分ほどの距離にあるこの駅前のショッピングセンターは、量販型衣料店からちょっとお洒落《しゃれ》なブランドショップまで揃っており、食料品スーパーはもちろんレストラン街も充実していて、ここに来れば何でも揃う便利スポットである。

むしゃくしゃしていた私は少しいいお肉を買って、ケーキを買って、日本酒を買って、食べ物ばかりで両手をいっぱいにすることでストレスを発散させた。

ダメ押しで美味《おい》しいパン屋さんで朝食用の山型パンを購入した時だった。お店を出たところで知っている後ろ姿が目に飛び込んできた。

キョウ君！

よく着ているミリタリー風のパーカーにいつものジーンズ、間違いなくキョウ君だ。

まさかこんな近所のショッピングセンターにいたなんて……。

私は考えるまでもなく彼の背中を追いかけ始めた。本当にジーンズを買いに来ているのかもしれないけど、もしかして美女と待ち合わせでもしているのかもしれない。

彼はどこの店にも寄らず足早にショッピングセンターのホールを抜けると、建物の一番端にあるエレベーターのボタンを押した。

私が使ったことのないそのエレベーターは、確かショッピングセンターの上階にある施設に繋《つな》がっているはずだ
エレベーターの扉が閉まるのを待ってから、私はボタンの隣に表示されている案内掲示板を確認する。

『こちらのエレベーターはカルチャーセンターへお越しの方専用です』

そう書かれた隣には、階ごとにずらりと習い事教室の名前が並んでいる。

生け花、お料理、書道、英会話、着付け、絵画、ピアノ、三味線《しゃみせん》、仏像彫刻……フラメンコやタップダンスまである。

反射的にジムがないか探したが、体を鍛えるような施設はないようだ。まさかキョウ君、私に隠れて仏像を彫っているんじゃ……もしくは「シャル・ウィー・ダンス」とか言って美人インストラクターに誘われフラメンコでも始めたのか……

私はしばらくぼんやりとエレベーターを見上げたままそこに立ち尽くしたあと、踵《きびす》を返して立ち去った。

ラブホテルに入っていくところを目撃した訳ではないのだ。ショックを受ける理由はない。ただ頭がかなり混乱していた。

帰宅した私は買ってきたばかりのお肉を並べ、すき焼きの準備を整えるとキョウ君の帰宅を待つ。

今日こそは真実を問い質《ただ》そう、私はそう決めていた。

ずっと女性関係ではないかと怯《おび》えていたのだが、どうもそうは断定できないようだ。女性関係であれば自分にあまり自信のない私はつい小さくなってしまうけれど、そうでないのなら怯えている必要はない。

もしキョウ君が三味線を習っているのなら私も一緒に習いたいし、タップを踏んでいるのなら私も隣で華麗なステップを極めたい。仏像彫刻なら……仏像を拝みたい。

しかしなぜサッカー人生を送ってきた人が、突然仏像彫刻に目覚めたのだろうか？

いや、もちろん書道とか生け花教室かもしれないのだが……

生け花をするキョウ君、ピアノを弾くキョウ君、フラメンコを踊るキョウ君、三味線を弾くキョウ君――うん、どれも悪くない。

しかし、もし全裸だったらもっといい感じだろう。

全裸で生け花をするキョウ君、全裸でピアノを弾くキョウ君、全裸でフラメンコを踊るキョウ君、全裸で三味線を弾くキョウ君――かなりいい。

全裸習い事シリーズでキョウ君のカレンダーを制作すれば一年間楽しく暮らせるので

はないかと真剣に考えていると、玄関ドアが開く音がして待ち人の帰宅を告《つ》げた。

「ただいまタミちゃん、遅くなってごめん！」

そう明るい声でダイニングキッチンにやってきたキョウ君は妄想で全裸にされていたことなど露知《つゆし》らず、なんだかいつもよりハイテンションだ。もしかするといい感じで仏像が彫れたのかもしれないと思いつつ、私は「お帰り」と返事をする。

――今日ショッピングセンターでキョウ君を見かけたんだけど……

用意していた言葉を私が口にする前に、彼はぴったりと体をすり寄せてきた。

キッチンカウンターとキョウ君のあいだに挟まれ、私はドキドキしてしまう。一緒に住んで、結婚の約束までして、エッチだって数え切れないほどしている間柄なのに、いまだに彼は私の鼓動を高鳴らせる魔力を持っているのだ。

キョウ君は私の顔を見下ろし、今にもキスしそうな至近距離で極上の笑みを浮かべる。

「タミちゃん、これどうぞ！」

「え？」

手に押しつけられたものを見て、私はしばし固まった。

白い封筒。表には『中城多美子様』と書かれているのだが……キョウ君ってこんな字だったっけ？

「えっと……開けていいのかな？」

「もちろん」

妙に嬉しそうな彼の視線に押されるようにして、私は封筒を慎重に開ける。中からは白い便箋《びんせん》に書かれた手紙が出てきた。

『拝啓　中城多美子様

木々の梢《こずえ》が色づいてまいりました今日この頃、お元気でお過ごしでしょうか？

俺はサッカーばかりして生きてきました。

ボールだけを見てきたせいで、人生を計画的に歩んでいくことも、社会の中でうまく立ち回っていくこともできず、ここまで来ました。

そんな男をあなたは違う世界へ連れて行ってくれました。

キラキラしている世界です。キラキラしている中心はあなたです。

俺の目はサッカーボールよりも中城多美子さんをよく見るようになりました。

あなたのことが好きです。大好きです。

毎日強くそう思います。

サッカーしかうまくない不器用な男ですが、これからもずっと多美子さんのことが大好きなので、いつまでも仲良くして下さい。

敬具　京野ジェット』

白い便箋《びんせん》に穴が開きそうなほど強い筆力で書かれた几帳面《きちょうめん》な文字。一文字一文字が正方形にきちんと収まりそうなお行儀のいい文字だが所々力が入り過ぎたのか、ごく細かく線が震えていた。

「これって……」

「俺からタミちゃんへのラブレター。ほら、覚えてるかな？　タミちゃんが俺をデッサンするのはラブレターなんだって言ってたじゃん。あのあと考えて、そういえば俺はもらうばっかりで何もしていないなぁって思ってさ」

「でも、これって……もしかしてキョウ君、このために……」

今までにキョウ君が字を書いている記憶はほとんどないが、確かちょっとしたメモの走り書きはアラビア語かと思うような判読の難しさだったはずだ。

今、私の手の中にある文字はアラビア語にはほど遠い、正しい日本語である。

「ラブレター書こうと思ったら、字がヘタ過ぎてさ。これじゃあタミちゃんに気持ちが伝わらないと思っていたら、ちょうど駅前のカルチャーセンターでお試しペン字教室を開催していたから通ったんだ。字だけじゃなくてさ、ほら、きちんとした手紙の書き方とかも教えてくれて……タミちゃん？」

「バ、カ……大好き……大好き」

キョウ君が考えてくれた文面は、不器用で優しく彼そのものだ。

涙が大切なラブレターを濡《ぬ》らしてしまわないよう、私は顔を上げる。すぐにキョウ君の舌が犬のように目尻をペロリと舐《な》めた。

「俺の気持ち、タミちゃんに伝わった？」

耳元でそう囁《ささや》く彼に私は何度も頷《うなず》いた。

何を不安がっていたのだろう。こんなにも愛されているのに。

二人で顔を見合わせて笑うと、自然と唇が近づいた。

このキスも、笑顔も、声も、キョウ君のくれる全てが私にとってはラブレター。

「ラブレターのお礼、今晩はいっぱいさせてね」

唇の上でそう呟《つぶや》いて、私はもっと愛を求める。

抱えきれないほどのラブレターをもらっても、ことキョウ君に関しては私はとても欲張りなのだ。

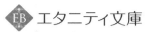

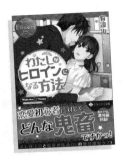

ＯＬの羽優美《はゆみ》は、若きエリート・三上《みかみ》常務の専属秘書。密かに憧れる彼のもと、真面目に仕事に励んでいたけれど——。あることがきっかけで、他の男を誘惑する淫らな女と誤解されてしまった！　優しかった三上は一転し、冷たい目で言い放つ。「男に飢えているなら俺が相手をしてやるよ」。その日から羽優美は毎晩、彼に求められるようになって……。

B6判　定価：640円＋税　ISBN 978-4-434-23450-7

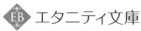

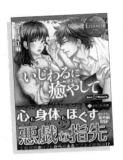

本書は、2015年7月当社より単行本として刊行されたものに書き下ろしを加えて文庫化したものです。

EB

エタニティ文庫

恋《こい》のABCお届《とど》けします

青井千寿《あおいちず》

2017年9月15日初版発行

文庫編集－西澤英美・塙綾子
発行者－梶本雄介
発行所－株式会社アルファポリス
〒150-6005 東京都渋谷区恵比寿4-20-3 恵比寿ｶﾞｰﾃﾞﾝﾌﾟﾚｲｽﾀﾜｰ5階
TEL 03-6277-1601（営業） 03-6277-1602（編集）
URL http://www.alphapolis.co.jp/
発売元－株式会社星雲社
〒112-0005東京都文京区水道1-3-30
TEL 03-3868-3275
装丁イラスト－朱月とまと
装丁デザイン－ansyyqdesign
印刷－大日本印刷株式会社

価格はカバーに表示されてあります。
落丁乱丁の場合はアルファポリスまでご連絡ください。
送料は小社負担でお取り替えします。

ISBN 978-4-434-23705-8 C0193